Conçue et dirigée par
Yvon Brochu

Du même auteur

Éditions Boréal
Le peuple fantôme, 1996
Le rêveur polaire, 1996
Chasseurs de rêves, 1997
L'œil du toucan, 1998

Éditions Hurtubise
L'assassin impossible, 1997
Piège à conviction, 1998
L'araignée souriante, 1998
Sang d'encre, 1998

Éditions Michel Quintin
Une vie de fée, 1996
L'argol, et autres histoires curieuses, 1997

Éditions Pierre Tisseyre
Wlasta, 1998
Serdarim des étoiles, 1998

Laurent Chabin

Dominique et Compagnie

Données de catalogage avant publication (Canada)

Chabin, Laurent, 1957-

Silence de mort

(Collection Alli-bi)
Pour les jeunes de 10 ans à 14 ans.

ISBN 2-89512-027-7

I. Titre. II. Collection

PS8555.H17S54 1998   jC843'.54   C98-940385-8
PS9555.H17S54 1998
PZ23.C42Si 1998

Silence de mort
© Les éditions Héritage inc. 1998
Tous droits réservés

Sous la direction de Yvon Brochu, R-D création enr.
Conception graphique : Diane Primeau
Illustration de la couverture : Alain Massicotte
Révision-correction : Christine Deschênes
Mise en page : Philippe Barey

Dépôts légaux : 4ᵉ trimestre 1998
Bibliothèque nationale du Québec
Bibliothèque nationale du Canada

ISBN 2-89512-027-7
Imprimé au Canada

Dominique et compagnie
Une division des éditions Héritage inc.
300, rue Arran, Saint-Lambert (Québec) J4R 1K5
Téléphone : (514) 875-0327
Télécopieur : (450) 672-5448
Courriel : info@editionsheritage.com

SODEC
SOCIÉTÉ DE DÉVELOPPEMENT DES ENTREPRISES CULTURELLES
Québec

LE CONSEIL DES ARTS DU CANADA DEPUIS 1957 | THE CANADA COUNCIL FOR THE ARTS SINCE 1957

Nous remercions le Conseil des Arts du Canada de l'aide accordée à notre programme de publication, ainsi que la SODEC et le ministère du patrimoine canadien.

Un cri dans la nuit

Le tonnerre est étourdissant. Les éclairs se succèdent avec une telle rapidité qu'on se croirait en plein après-midi. Pourtant, il fait nuit depuis plus d'une heure.

La pluie tombe dru et forme un épais rideau qui masque la forêt toute proche. Le bruit qu'elle fait en s'écrasant sur le toit est si fort qu'il couvre le vacarme infernal des insectes et des animaux de la forêt.

Depuis quelques jours, nous sommes en Guyane française avec mes parents. Je m'appelle Thibault. Ma sœur Laureline, ainsi que Morgane et Jean-Baptiste, mes meilleurs amis, sont avec nous.

Le trajet a été compliqué : Montréal, Fort-de-France, puis Cayenne. Nous nous y sommes reposés un peu avant de remonter un petit fleuve, la Comté, en pirogue à moteur. Nous voici maintenant installés en pleine forêt, dans un carbet.

Aujourd'hui, mes parents faisaient l'aller-retour sur Cayenne pour régler des problèmes administratifs. Pensant revenir le soir même, ils nous ont laissés sous la responsabilité de Laureline, qui a deux ans de plus que nous. Elle est ravie, elle qui adore jouer au chef !

Mais avec cette pluie, je suis sûr qu'ils ne pourront pas remonter la rivière ce soir. Nous dormirons seuls…

Installés sur la terrasse, nous regardons la pluie tomber. Il n'y a rien d'autre à faire. Affalés, le dos contre le mur de planches du carbet, nous bâillons à nous en décrocher la mâchoire.

– Le carbet est une habitation en bois montée sur pilotis, typique de la forêt guyanaise, nous a expliqué ma mère tandis que nous remontions la rivière.

– Sur pilotis ? s'est exclamée Morgane. La maison est construite sur l'eau ?

Non, la maison – la cabane, plutôt – n'est pas construite sur l'eau. Elle se trouve à une vingtaine de mètres de la rivière, sur une élévation de terrain qui la protège des inondations. Mais les pilotis ne servent pas tant à l'isoler de l'eau que des animaux.

La forêt est infestée d'insectes et de serpents tous plus venimeux les uns que les autres, et il faut absolument prendre des précautions. Les pilotis sont d'ailleurs insuffisants, et on nous a bien recommandé d'examiner nos bottes chaque matin et de les secouer à l'extérieur, pour en faire tomber les mygales ou les scorpions qui auraient pu s'y introduire pendant la nuit.

Cette forêt, noire et impénétrable, dans laquelle nous subissons notre premier orage tropical, est l'ultime avancée vers la mer de l'immense forêt vierge de l'Amérique du Sud.

– Tu parles d'une nature ! fait Jean-Baptiste en soupirant. Il pleut tout le temps et il ne se passe rien. J'imaginais un peu plus d'aventures.

– Des attaques d'Indiens, par exemple ? je lui réponds d'un ton narquois.

– Ne dis pas n'importe quoi ! Je pensais au moins trouver des animaux. C'est la jungle ici, non ?

– Parce que tu trouves qu'il n'y en a pas assez, des animaux ! rétorque Morgane. Entre les araignées, les moustiques et les crapauds qui font tout ce boucan à longueur de nuit !…

– Et puis, si jamais tu te retrouves face à face avec un jaguar ou un caïman, tu ne seras peut-être plus du même avis, ajoute Laureline.

– Vous ne comprenez rien ! Je n'ai pas dit que je voulais me battre contre des fauves, mais j'aimerais bien voir des perroquets, des singes… Des animaux présentables, quoi !

– Pour ça, il faudrait entrer dans la forêt, dis-je. Mais c'est risqué.

– Et interdit, précise Laureline. Vous restez dans la clairière, près de la rivière : ordre des parents.

– Dis donc, on n'est plus des gamins, tout de même ! Veux-tu qu'on aille se coucher maintenant, pendant que tu y es ! Hé ! On dirait que la pluie se calme.

En effet. Le déluge s'est atténué. Derrière la vapeur qui s'élève de la terre détrempée, la lisière de la forêt se dessine à quelques centaines de pas, comme une muraille plus noire que la nuit.

Le temps change extrêmement vite sous les tropiques. Le vent a tôt fait de nettoyer le ciel et de dévoiler la lune et les étoiles. La chaleur étouffante, un instant dissipée par la pluie, retombe bientôt sur la clairière comme une chape de plomb.

Le crépitement de la pluie est aussitôt remplacé par les stridulations assourdissantes des insectes, les cris des singes hurleurs et les coassements des crapauds-buffles. La forêt vierge a repris son concert infernal.

Nous transpirons abondamment. Je soupire et me laisse aller à mes rêveries. C'est vrai que je n'imaginais pas la jungle comme un inextricable fouillis rempli d'êtres invisibles mais plus tapageurs que mille élèves dans une cour de récréation. Moi aussi, je suis déçu…

Soudain, un hurlement strident me tire de mon hébétude. Un cri d'angoisse, aigu, prolongé, empreint à la fois d'une indicible tristesse et d'une profonde terreur. Quand le gémissement s'éteint enfin, un silence de mort règne sur la forêt.

– Qu'est-ce que c'était ? fait Morgane en se redressant brusquement.

– Je… je ne sais pas, je lui réponds. Peut-être un singe hurleur…

– Les singes hurleurs, on les entend tout le temps, murmure Laureline. On ne fait même plus attention à eux. C'était autre chose. Et puis ce silence, d'un seul coup, vous l'entendez ?

L'expression est bizarre, mais juste. Ce silence total, après l'incessant vacarme de la jungle, paraît presque palpable. Le seul bruit qu'on entend est celui des gouttes qui s'écoulent du toit et s'écrasent sur les feuilles. Mais pourquoi la forêt s'est-elle tue subitement ?

Laureline et moi, nous nous levons pour scruter les ténèbres. L'air est chaud et poisseux, saturé d'humidité. Il est si épais qu'on ne voit pas au travers.

– Il y a peut-être un jaguar dans les environs, dit Jean-Baptiste. C'est un singe qui a donné l'alerte.

– Les insectes aussi se sont tus, fait remarquer Laureline, et ils n'ont aucune raison d'avoir peur des jaguars.

– On dirait que la forêt entière a peur, ajoute Morgane. Ce… ce n'est pas très rassurant.

La forêt est si dense que les rayons du soleil n'atteignent jamais le sol. L'atmosphère sinistre qui en émane a envahi la clairière et pèse lourdement sur nous. Habitués que nous sommes aux immenses espaces des plaines canadiennes, cette infime éclaircie a plutôt l'air d'un misérable trou noir. Et on est au fond !

– Vous croyez que c'est vrai, les histoires que le vieux nous a racontées l'autre soir ? demande Jean-Baptiste après un long silence.

– Arrête avec ça, Jean-Baptiste ! coupe Morgane. Ce n'est pas le moment. Ce ne sont que des histoires, et…

Morgane n'a pas le temps de finir sa phrase. De nouveau, un horrible gémissement s'élève de la forêt, une plainte aiguë et lancinante, remplie d'effroi et de douleur, qui monte en vrille sous les arbres et s'évanouit bientôt dans un silence mortel.

La légende de Manman d'lo

Le soir même de notre arrivée à Cayenne, le propriétaire du carbet, un vieux coureur des bois, nous a raconté des histoires de chasse et des légendes du folklore guyanais.

Nous avons particulièrement aimé les histoires de zombis, de fantômes vengeurs, de cérémonies étranges et secrètes célébrées dans les profondeurs de la forêt. Surtout la légende de Manman d'lo.

C'est à cette histoire que Morgane vient de faire allusion, juste avant que ne retentisse pour la deuxième fois le cri mystérieux qui a plongé la forêt dans le silence.

Manman d'lo, la *mère de l'eau*, est une fée. Ou une sorcière, ou une créature surnaturelle… On n'en sait trop rien, finalement. Elle vit dans les rivières et les fleuves des Guyanes, et nombreux sont ceux qui assurent avoir aperçu les reflets émeraude que jette son long corps d'ébène dans les eaux sombres, au coucher du soleil.

Manman d'lo peut être bienveillante envers ceux qui l'approchent avec humilité. Mais le plus souvent, elle emporte pour les noyer dans la vase les imprudents qui ont eu l'audace de la regarder en pleine face. C'est du moins ce qu'on raconte.

– Il existe un moyen très simple d'échapper à Manman d'lo, nous a dit le vieux. Lorsqu'elle rôde hors de la rivière, à la nuit tombée, elle pousse parfois un cri à vous glacer le sang. C'est un avertissement. Ce long gémissement est si terrible qu'aussitôt la forêt entière se tait. La vie reprend seulement quand la mystérieuse créature a rejoint son repaire aquatique. Tant que dure le silence, il faut rester immobile et regarder par terre. Malheur à celui qui s'aviserait de relever les yeux pour la contempler ! Sa vie pourrait fort bien se terminer rapidement sous les eaux noires du royaume de Manman d'lo... Certains disent que Manman d'lo est un inoffensif lamantin – qu'on appelle ici *poisson-bœuf* ou *vache marine* –, un énorme mammifère indolent et exclusivement herbivore. Ou encore un dauphin d'eau douce ou un arapaima, ce gigantesque poisson aux reflets verts qui nage dans les rivières sud-américaines, et qui dépasse les cent kilos...

Bien sûr, dans l'ambiance trépidante de la vie nocturne de Cayenne, le récit de notre hôte nous semblait tout au plus une amusante fable du folklore local. Mais ici, loin de la ville, sans parents et après cet effroyable orage, le spectre inquiétant de Manman d'lo prend une tout autre signification.

Il est vrai que ce pays a quelque chose de fantastique. Il semble dépasser la mesure de l'homme. C'est le règne végétal qui domine, envahissant, étouffant. Hors des clairières, on ne voit même pas le ciel. Chaque arbre est un pays en soi, où l'on pourrait facilement se perdre.

On dirait que le monde ici en est à ses débuts, qu'il n'est pas encore terminé. La limite est souvent vague entre la terre et l'eau. Loin des points de débarquement, la rivière se confond avec la terre ferme en une zone marécageuse, le plus souvent recouverte par l'immense ramure des arbres.

Pas étonnant que les hommes aient peuplé ces rives de créatures effrayantes. Dans les sous-bois obscurs, à moitié inondés, grouille toute une faune bruyante et vorace, parmi laquelle l'homme n'a pas sa place. C'est le royaume de Manman d'lo.

Longtemps après l'épouvantable cri, nous restons muets, paralysés par la peur. C'est Laureline qui se ressaisit la première :

– Il faut faire quelque chose. Si ce n'est pas un animal qui a crié, c'est que quelqu'un est en danger. Il faut aller voir !

– Aller dans la forêt ! s'écrie Morgane. Mais tu es folle ! On va se perdre.

– C'est vrai, ajoute Jean-Baptiste. Tu ne te rappelles pas ce que le vieux a dit ? Qu'il s'était déjà perdu en allant faire ses besoins au pied d'un arbre ?

– Des histoires, tout ça ! réplique Laureline. Pour faire peur aux touristes. Et on a bien failli marcher, nous aussi, dans cette stupide légende de Manman d'lo.

– Légende ? intervient Jean-Baptiste avec véhémence. Qu'est-ce que tu en sais ? Tu ne connais pas tout sur ce pays…

– On pourrait changer de sujet ? reprend Morgane. Moi, je ne tiens pas à aller me perdre dans cette forêt.

– Eh bien, j'irai seule, fait ma sœur, déterminée. Vous rendez-vous compte que quelqu'un est peut-être blessé ? En train d'agoniser !

– Si c'était le cas, il appellerait au secours. Il ne lâcherait pas des cris de mort comme ça !

J'ai raison et tout le monde le sait. Ce gémissement atroce n'avait rien d'humain.

– Bon, très bien, reprend Laureline après un long silence. Mais s'il ne s'agit ni d'un animal ni d'un homme… Qui a crié, alors ?

Le ponton

Qui a crié ? Ou plutôt : *qu'est-ce* qui a crié ?

La question reste sans réponse. Cette présence toute proche est d'autant plus menaçante que le brouillard commence à monter de la rivière, épais et glacé.

Contrairement à tout ce que nous avions imaginé, les nuits guyanaises sont froides. Sitôt la chaleur de la journée dissipée, la fraîcheur drainée par la rivière se répand et il faut se couvrir. Morgane frissonne.

– On devrait rentrer, dit-elle. Pour attendre le retour de vos parents.

– Pas d'accord, réplique Laureline. Il y a quelque chose d'anormal ici, et je n'irai pas me coucher tant que je ne saurai pas de quoi il s'agit.

– Pas si vite ! Tu ne peux pas partir comme ça, toute seule. Je t'accompagne. Mais pas question de pénétrer dans la forêt.

– J'y vais aussi, ajoute Jean-Baptiste. Tout

plutôt que de rester cloîtré dans cette cabane sombre !

– C'est ça, laissez-moi toute seule ! s'écrie Morgane. Vous êtes fous, vous allez vous perdre !

Mais Laureline descend déjà. Je la suis. Morgane hésite mais, plutôt que de rester seule, elle se décide finalement à venir.

Au sol, le brouillard forme une couche épaisse. C'est à peine si nous arrivons à nous distinguer l'un l'autre.

– Allons-y, dit simplement Laureline.

Tout autour de nous, la forêt a repris vie. Crapauds et insectes bruissent et là-haut, invisibles dans la cime des arbres, les singes hurleurs ont recommencé leur concert étourdissant.

– Vous entendez ? plaisante ma sœur. La pause est terminée. Manman d'lo est repartie dans son trou.

– Pourquoi on ne rentre pas, alors ? demande Morgane.

– Puisque nous sommes là, autant aller jusqu'au ponton.

Aussitôt, Laureline se met en marche en direction de la rivière. Les quelques mètres qui séparent le carbet du ponton paraissent interminables.

La faible lumière de la lune semble s'écraser, impuissante, sur le mur blanc et phosphorescent de la brume. Nous devons marcher à la queue leu leu pour ne pas nous perdre.

Brusquement, un front d'air froid nous indique que la rivière est toute proche.

– Attention, fait Laureline. L'eau est là, devant nous.

– Tu vois le ponton ? je lui demande.

– Non, mais j'entends le glissement de l'eau sur les planches. On n'est plus très loin.

Encore quelques mètres, et nous distinguons la masse sombre du ponton amarré à la berge. Nous le connaissons bien, car nous avons participé à sa construction. En effet, le lendemain même de notre arrivée, mon père a jugé l'ancien ponton hors d'usage et s'est mis en tête d'en construire un nouveau.

– Au travail ! a-t-il déclaré sans tenir compte de nos grimaces.

Finalement, on s'est bien amusés à abattre du bois, scier des troncs, les assembler avec des cordes… Le nouveau ponton a fière allure : deux mètres sur trois, avec de gros bidons métalliques fixés sous les troncs pour assurer le flottage. Il peut servir aussi bien de débarcadère que de station de bronzage. Plus rien à voir avec l'ancien, bien gris et frêle en comparaison.

– Nous y voilà ! s'exclame soudain Laureline. Notre ponton est toujours là.

– Bon, dit Morgane. Puisque tout est en ordre, pourquoi ne pas rentrer maintenant ?

– Elle a raison, ajoute Jean-Baptiste. De toute façon, on n'y voit rien…

– Juste un coup d'œil sur le ponton et on rentre, dit ma sœur.

D'un bond, elle saute sur la construction flottante.

– C'est bizarre, fait-elle en rétablissant son équilibre.

– Quoi donc ? fais-je en m'élançant à mon tour.

– Le ponton. Il n'est pas comme hier, on dirait.

L'eau clapote bruyamment contre les planches. Au-dessus de la rivière, la brume se déchire en longs lambeaux et laisse parfois apparaître la surface scintillante et tourmentée.

– Je sais ! s'écrie soudain Laureline. C'est à cause de la pluie. Le niveau de l'eau a monté et le ponton est à la même hauteur que la berge, alors que ce matin il fallait descendre pour y aller.

– Si c'était le cas, observe Jean-Baptiste, le courant serait beaucoup plus fort. On dirait plutôt que l'eau ne sait pas dans quel sens aller…

– La marée, alors ! s'exclame Laureline.

Bien sûr, nous avons eu l'occasion de remarquer, au cours des derniers jours, que la marée fait sentir son influence à des kilomètres en amont. L'océan Atlantique n'est pas très éloigné et si le voyage jusqu'au carbet nous a semblé interminable c'est à cause de la lenteur des pirogues.

C'est l'effet de la marée, conjugué à celui de la pluie, qui fait varier ainsi le niveau de la rivière et cause ces remous qui ballottent le ponton. Le cordage qui l'amarre est tendu au maximum et oscille en suivant les mouvements désordonnés de l'eau.

Tout à coup, Laureline donne l'alerte.

– Regardez ! Le nœud coulant est sur le point de lâcher ! Le ponton va être emporté par la rivière ! Vite, Jean-Baptiste, Morgane, tirez sur la corde !

Malheureusement, l'amarre n'est pas facilement accessible. L'eau est trop haute, et le pieu est à demi immergé.

– Il n'y a qu'une solution, fait Jean-Baptiste après plusieurs tentatives infructueuses. Je vais monter avec vous et nous allons tirer ensemble.

Il saute à son tour sur le ponton, et nous agrippons tous les trois le cordage. Morgane reste sur la berge et tente de saisir le nœud coulant en s'avançant le plus près possible du bord.

Le courant est plus fort que nous le pensions et nos efforts demeurent inutiles. Il semble même que notre manœuvre rapproche le nœud du sommet du pieu. L'amarre va céder.

Morgane essaie en vain de l'atteindre. Ses doigts ne sont plus qu'à quelques centimètres du pieu. Elle y est presque ! Dans un ultime effort, elle se dresse sur la pointe des pieds et saisit enfin le bout de la corde.

Trop tard ! L'amarre abandonne le pieu et entraîne Morgane dans l'eau noire.

– Tiens bon ! lui hurle Laureline. Ne lâche surtout pas la corde !

Elle s'époumone en pure perte car Morgane vient de disparaître sous l'eau. Privé de son attache, le ponton commence à tournoyer lentement. Laureline se précipite à plat ventre sur le bord, là où l'amarre s'enfonce dans l'eau boueuse.

– Morgane ! Morgane !

Jean-Baptiste et moi halons la corde de toutes nos forces. La tête de notre amie émerge tout à coup. Laureline la saisit vigoureusement par les cheveux, je l'empoigne sous les aisselles, et nous la hissons à bord.

Étendue sur le pont, crachant de l'eau et grelottant de froid, elle tient encore dans ses mains crispées la corde devenue inutile.

C'est à ce moment seulement que nous réalisons l'ampleur du désastre. Le ponton tourbillonne lentement sur la rivière, parmi les troncs flottants et les branches arrachées. Déjà la rive n'est plus visible ; pire encore, nous ne savons même pas de quel côté elle se trouve ! Tout est noyé dans le brouillard. La rivière nous emporte dans les profondeurs de la nuit.

Sur la rivière

Quelle catastrophe ! Nous voilà perdus, sans aucun point de repère. Que faire ? Plonger pour tenter de rejoindre la rive ? Impossible : le radeau tournoyant sur lui-même, ce serait le plus sûr moyen de nous égarer définitivement et de nous noyer.

Il fait froid. Morgane, complètement trempée, tremble comme une feuille. Personne n'ose ouvrir la bouche.

Un ponton n'est pas fait pour naviguer. Il n'y a donc rien à bord qui permette de le diriger. Ni rame ni aviron, pas même un simple bout de bois. Et personne ne s'apercevra de notre disparition avant le lendemain, quand mes parents seront revenus de Cayenne. D'ici là, jusqu'où aurons-nous dérivé ?

Il n'y a rien d'autre à faire que d'attendre que le soleil dissipe la brume épaisse et réchauffe l'atmosphère humide et glacée. Ou que le radeau s'échoue de lui-même…

– Qu'allons-nous devenir ? gémit Morgane en grelottant.

Laureline la serre contre elle sans répondre.

Je suis debout, près d'elles, écarquillant en vain les yeux pour essayer de voir la rive. Jean-Baptiste est assis au bout du ponton, voûté, la tête entre les mains, les yeux fixés sur l'eau sombre qui clapote contre les bidons. Quelle peut bien être la profondeur de l'eau à cet endroit de la rivière ? Qu'y a-t-il là-dessous ?

Nous pensons à toute cette faune aquatique, dont nous avons lu cent fois la description avant de venir. Les piranhas, bien sûr, les caïmans, et toutes ces bêtes féroces qui ne pensent qu'à se mettre des touristes imprudents sous la dent. Et Manman d'lo…

Personne n'y croit, à cette légende. Du moins, personne ne veut y croire… Ce qui serait très facile si nous étions nonchalamment étendus dans un hamac, en plein soleil…

Mais ici, isolés du monde, comment pouvons-nous empêcher ces sombres histoires de nous envahir peu à peu, de prendre possession de notre esprit ? Et puis ces deux horribles hurlements tout à l'heure ? Un singe affolé, comme je l'ai prétendu moi-même ? Je ne sais même pas si j'y croyais vraiment…

J'essaie de sonder les profondeurs de la rivière. Une vie infecte grouille là-dessous, une vie cachée et vaguement malfaisante, qui se manifeste par des bulles épaisses crevant mollement à la surface.

– Là, regardez! s'écrie Jean-Baptiste en pointant du doigt la surface du fleuve, à un endroit où la masse compacte de la brume s'est déchirée.

– Qu'est-ce qu'il y a? murmure Laureline en se rapprochant du bord.

– Là, répond Jean-Baptiste. Sous l'eau. On dirait que ça se dirige vers nous…

À quelques mètres, une longue forme sinueuse glisse lentement dans notre direction. Dans la pénombre, il est difficile d'en dire la couleur, mais on jurerait que la créature – si créature il y a – émet une lueur vert sombre.

– C'est un caïman, chuchote ma sœur. Pourvu qu'il n'attaque pas…

– Je ne crois pas que ce soit un caïman, fais-je. Son sillage serait plus droit; j'ai vu ça au cinéma. Et puis, on verrait ses yeux affleurer à la surface.

– C'est quoi, alors? demande Laureline, vexée.

– Un anaconda, peut-être, suggère Morgane à voix basse.

– Vous savez comment les anacondas tuent leurs victimes? dit Jean-Baptiste. Ils s'enroulent autour et les entraînent au fond de l'eau pour les noyer… et les dévorer.

– Les anacondas ne sont pas aussi gros qu'on le dit, rétorque Laureline. Pas assez pour nous avaler, en tout cas.

– C'est pourtant bien quelque chose ! fais-je d'une voix sifflante. Ça flotte entre deux eaux, on dirait que c'est vert, et que… ça nous suit…

– Rappelez-vous l'histoire du vieux… Manman d'lo…

Jean-Baptiste a laissé échapper la phrase malgré lui et le silence retombe, glacial. Nous ne pensons plus qu'à la sirène maléfique, qui sort la nuit du fond des eaux et paralyse la forêt de ses atroces gémissements.

Soudain, quelque chose pointe hors de l'eau, sans un bruit, puis s'enfonce presque aussitôt. Une sorte de bec aplati qui chercherait à mordre l'air. La longue forme ondulante s'enfonce alors dans un remous et disparaît sous le radeau, non sans avoir lancé une dernière lueur vert sombre.

– Elle est sous le radeau ! hurle Morgane. Elle va nous faire chavirer !

C'est la panique. On se précipite tous en même temps au milieu du ponton, qui se met à tanguer dangereusement. On se jette à plat ventre en s'accrochant désespérément aux troncs du plancher. L'eau sombre est à quelques centimètres de nous.

Nous guettons anxieusement le moindre

mouvement de l'animal sous le radeau… ou de la créature verte qui risque de nous entraîner à tout jamais dans les profondeurs.

Les mouvements du ponton s'atténuent peu à peu. Il continue à dériver au fil de l'eau, heurté de temps à autre par un tronc flottant ; chaque fois, le choc nous fait sursauter.

– Légendes, tout ça, murmure enfin Laureline en secouant la tête.

– Légendes ou pas, je voudrais bien que ça se termine, dit Morgane. On risque à tout moment de chavirer. Et je suis morte de froid.

Le brouillard ne s'est pas dissipé. De la forêt toujours invisible nous parvient la rumeur incessante des animaux nocturnes. Sifflements, coassements et jacassements rauques nous enveloppent comme autant de vociférations hostiles.

Nous nous serrons les uns contre les autres, autant pour nous réchauffer que pour chasser la peur qui nous tenaille.

Muets, claquant des dents et épuisés, nous nous abandonnons peu à peu à une torpeur irrépressible. Morgane et Jean-Baptiste se roulent en boule sur les troncs inconfortables. Je fixe la surface de l'eau, hostile et mouvante, comme si je m'attendais à en voir surgir brusquement une créature de cauchemar.

Les tropiques, les plages de sable fin, les

limonades bien fraîches sous un parasol multi-colore… Quelle blague ! Il n'y a ici qu'une vie agressive, incontrôlée, violente. Des êtres mons-trueux qui s'entre-dévorent, une forêt im-pénétrable, infestée d'insectes démesurés, de crapauds gigantesques et de serpents avaleurs, des rivières insondables regorgeant de reptiles voraces et de poissons carnivores…

– Quand je pense que j'avais apporté trois maillots de bain ! prononce Jean-Baptiste à mi-voix, comme pour lui-même.

Puis la somnolence a raison de nous et, mal-gré le froid et l'angoisse, nous sombrons bientôt dans un sommeil peuplé de rêves pénibles.

Soudain, je suis réveillé par un choc violent. Le radeau vient de buter brusquement contre un obstacle. En un instant nous nous redres-sons, sur le qui-vive.

Nous sommes coincés dans l'entrelacs de branches noires et griffues d'un arbre colossal. On dirait qu'il a soudain été pris de folie et qu'il s'est jeté sur le radeau pour l'étouffer entre ses bras noueux. Nous ne bougeons plus.

Dans l'arbre mort

Nous sommes échoués !

– Attention ! On va chavirer !

L'une des extrémités du radeau s'enfonce dans l'eau. Le courant va l'emporter d'un instant à l'autre.

– Fichons le camp ! crie Laureline. Il faut atteindre les plus grosses branches. La rive ne doit pas être loin.

En rampant tant bien que mal, nous escaladons le ponton et agrippons les branches. Laureline est déjà installée à califourchon sur l'une des plus grosses.

– Grimpez vite ! ordonne-t-elle. Nous serons en sécurité ici.

– Tu es sûre ? fait Morgane. Les branches ont l'air complètement pourries. On risque plutôt de se casser la figure !

Un craquement sinistre lui répond. Les branches inférieures commencent à céder et le ponton, dans un soubresaut, s'enfonce un peu plus dans l'eau.

– Trop tard pour réfléchir, lance ma sœur. Faites vite ! Vous allez vous retrouver à l'eau !

On reprend l'escalade.

– C'est dégoûtant, fait Morgane. C'est tout gluant.

– C'est ça ou la noyade, réplique Laureline. On n'a pas le choix : dépêche-toi.

– Mais je n'y arrive pas, reprend Morgane. Ça glisse.

– Attends, je vais t'aider.

Laureline lui tend la main et l'aide à prendre appui sur une branche plus solide.

Puis c'est le tour de Jean-Baptiste, et enfin le mien. Il était temps ! Un nouveau craquement se fait entendre et les branches qui retenaient notre radeau de fortune se brisent net. Le ponton retombe dans un jaillissement d'écume.

En un instant, il disparaît dans le brouillard, nous abandonnant dans les hauteurs d'un arbre à demi mort. Nous n'apercevons même pas le tronc.

Le jour, pourtant, n'est pas loin. La brume se concentre en nappes irrégulières sur la rivière et, de notre perchoir, nous pouvons maintenant apercevoir le ciel qui blanchit au-dessus des arbres.

– Comment rejoint-on la rive, à présent ? demande Jean-Baptiste. On ne la voit même pas.

– On est peut-être sur une île flottante, dis-je. J'ai vu ça dans des magazines : des groupes d'arbres entiers sont arrachés à la rive par les crues et dérivent le long du fleuve.

– Je ne crois pas, dit Laureline. Cet arbre est fixe ; c'est pour ça que le ponton s'est pris dedans. Mais regardez l'orientation des branches : l'arbre est couché. Il est presque mort, mais il est encore enraciné à la berge.

– Alors il n'y a qu'à trouver le tronc et le suivre jusqu'à la terre, fait Jean-Baptiste.

– Plus facile à dire qu'à faire, réplique ma sœur. On n'est pas dans la forêt boréale, ici. Les arbres sont énormes, de vrais labyrinthes. On ne sait même pas si on est dans les branches basses ou au sommet. Alors pour trouver le tronc…

Finalement, nous décidons d'attendre le jour avant de bouger.

Enfin, l'aube point lentement, découpant en noir sur le ciel blême le sommet des arbres. Complètement engourdis, nous émergeons péniblement de notre torpeur.

– On y voit assez pour partir, déclare Laureline d'une voix pâteuse. On ne va pas rester perchés là comme des singes.

Je m'étire douloureusement, en faisant attention de ne pas perdre l'équilibre.

– Faites attention, ça glisse, annonce

Laureline en prenant appui sur une grosse branche horizontale.

Un pied après l'autre, avec une extrême prudence, nous progressons lentement dans l'épaisse végétation. Le contact mou et froid de la mousse sous nos doigts nous fait frémir.

À moitié pourri, l'arbre me semble presque animé d'une vie rampante, comme s'il était recouvert d'une peau sombre tressaillant à chaque contact.

Nous continuons à avancer, réprimant notre dégoût et serrant les lèvres. Enfin, Laureline annonce qu'elle a atteint le tronc principal. Sa voix nous parvient d'un enchevêtrement de lianes et de feuilles qui la dissimule entièrement.

– Essayez d'arriver jusqu'ici, lance-t-elle. Le tronc est énorme, ce sera facile de rejoindre la rive.

Cette nouvelle nous redonne de l'énergie. Nous poursuivons notre ascension, Morgane en tête, suivie par Jean-Baptiste et moi-même.

Tout à coup, un hurlement. C'est Morgane qui vient de lâcher prise, comme si elle avait touché un charbon ardent. Elle dégringole la tête la première.

Jean-Baptiste, qui se trouve juste en dessous d'elle, la reçoit sur l'épaule. Tous les deux perdent l'équilibre et vacillent un instant.

Morgane en profite pour attraper une grosse branche, et la voilà maintenant suspendue, les pieds dans le vide, tandis que Jean-Baptiste se rétablit de justesse.

– Ça va ? s'écrie Laureline.

– Plus de peur que de mal, répond Jean-Baptiste, qui a pourtant de la peine à reprendre son souffle.

Morgane, elle, ne dit rien. Encore sous le choc, elle tremble de tous ses membres. Laureline redescend et, avec l'aide de Jean-Baptiste, elle s'efforce de soutenir Morgane.

– Je vous l'avais dit, fait ma sœur. C'est glissant, il faut bien se tenir.

– Ce n'est pas ça, dit enfin Morgane d'une voix tremblante et entrecoupée de sanglots retenus. Je n'ai pas glissé…

– Qu'est-ce qui s'est passé, alors ? lui demande doucement Laureline en lui passant le bras sur les épaules. Tu as eu un malaise ?

– Non, non, ce n'est pas ça non plus.

Morgane n'ajoute rien. Elle se tient assise, voûtée, secouant la tête comme si elle essayait d'en chasser une vision insupportable.

– Écoute, reprend Laureline à voix basse. Il faut nous dire. Est-ce que tu as vu quelque chose ?

Nous entourons Morgane et la pressons du regard. Le soleil est maintenant levé et la chaleur commence à dissiper la brume. Entre les branches, les eaux brunes de la rivière sont bien visibles. Lentement, la lumière matinale chasse les fantômes de la nuit.

– C'est l'arbre, dit soudain Morgane. Il est vivant…

– Allons donc, coupe Laureline en haussant les épaules. Ce n'est qu'un vieil arbre à moitié mort.

– Ce n'est pas ce que je veux dire, reprend Morgane. Je ne sais pas comment vous expliquer. Tout à l'heure, j'ai voulu saisir une petite branche, grosse comme un doigt, à peine, et, euh… comment dire… La branche s'est sauvée.

– Comment ça, elle s'est sauvée ! s'écrie Laureline.

– Je ne sais pas ! dit Morgane, qui commence à s'énerver. Elle s'est sauvée quand j'ai voulu la saisir, c'est tout. C'est pour ça que j'ai lâché prise. Vous n'allez pas dire que je suis folle, tout de même !

Je la regarde sans rien dire. Morgane n'est pas folle, non. Cet environnement végétal a réellement quelque chose d'hostile, avec toutes ses branches gluantes. On dirait des bras et des doigts malintentionnés qui nous frôlent sans cesse.

Morgane se tait, immobile. J'aperçois alors quelque chose qui s'agite sur son épaule. On dirait une brindille qui se déplacerait d'elle-même, et qui atteint maintenant son cou. Qu'est-ce que c'est que ça ? Je rêve ou quoi ?

Machinalement, Morgane porte sa main à son cou. Aussitôt, elle se met à hurler en se débattant.

La chose retombe sur le tronc, inerte. Mais au bout de quelques instants, la voilà qui se met à agiter trois paires de pattes.

– Qu'est-ce que c'est que cette horreur ? murmure Laureline.

Jean-Baptiste éclate de rire.

– Un phasme ! s'écrie-t-il. Un vulgaire insecte ! La voilà, ta branche vivante…

– Mais c'est une bête de cauchemar ! fait Laureline. On dirait un bâton qui marche.

– J'en ai assez ! hurle Morgane. Je m'en fiche, de cette bête, je ne veux pas la voir ! Je veux simplement partir d'ici !

Elle a raison, ce n'est pas le moment de faire un cours d'histoire naturelle. Le gigantesque tronc s'incline légèrement vers le bas, et tout au bout sa base disparaît dans un fouillis d'herbes et d'arbustes. En le suivant, on sera rapidement en sécurité sur la terre ferme.

Faux espoir ! En arrivant au bout, nous constatons que le pied de l'arbre ne repose pas sur le sol, mais qu'il s'enfonce à moitié dans l'eau. Ses énormes racines, arrachées à la terre, se

dressent comme des épieux aux formes tor-
turées qui nous bloquent le passage.

Au prix de quelques contorsions, nous réus-
sissons à franchir l'obstacle et nous nous retrouvons en équilibre précaire sur la souche.

Là, une nouvelle surprise nous attend. Où se
trouve la rive ? Là-bas, devant nous, un épais
rideau végétal semble pourtant indiquer qu'elle
est toute proche. Hélas ! Nous en sommes encore séparés par plusieurs mètres d'une eau
noirâtre, insondable.

Jusqu'au cou !

– Quelle horreur ! fait Morgane. Pas question que je marche là-dedans !

À nos pieds, l'eau évoque un ennemi tapi dans l'ombre, avec une gueule béante qui se refermera sitôt que nous y pénétrerons.

Nous nous trouvons dans une crique naturelle, où le courant est moins fort. L'eau est presque immobile, à peine agitée de faibles frissons qui la parcourent comme une fièvre. De temps en temps, une grosse bulle vient crever à la surface opaque.

– Comment allons-nous faire ? demande Jean-Baptiste. Ça doit être infesté de piranhas, de serpents, de caïmans…

– En tout cas, on ne peut pas rester ici, répond Laureline. On n'est même pas sûrs que cet arbre soit relié au fond. Des arbres flottants, on en a vu plein la rivière. La prochaine marée risque de le déraciner complètement.

– Il y a sûrement un autre moyen, dis-je en

promenant mon regard autour de moi. On pourrait passer par les branches supérieures, utiliser des lianes... Je ne sais pas, moi !

Un rapide examen de l'environnement nous convainc cependant que la seule voie possible vers la berge passe par ce trou d'eau boueuse et par lui seul. Nous sommes prisonniers de l'arbre.

– Bon, fait ma sœur. Moi, j'y vais.

– Tu es folle ! s'écrie Morgane. Tu vas te noyer.

– Tu as une autre solution ?

Morgane ne répond pas. Laureline lui tourne le dos et se penche au-dessus de l'eau trouble avec une grimace de dégoût. Puis, tout en se retenant aux racines, elle plonge lentement un pied dans l'eau. Sa jambe s'enfonce jusqu'au genou.

– Tu touches le fond ?

– Non, je ne crois pas. C'est dur, ce doit être une des racines. L'eau est plus profonde.

Toujours agrippée aux racines, Laureline enfonce maintenant l'autre jambe. Elle a de l'eau jusqu'à la taille, mais n'a toujours pas atteint le fond. Elle s'enfonce davantage, jusqu'aux épaules, les bras tendus.

– Tu sens quelque chose ? demande Jean-Baptiste.

– Pas encore. Enfin, si. Il y a... il y a des

choses qui passent entre mes jambes… des choses collantes.

– Remonte vite ! crions-nous tous à la fois.

– Attendez, j'y suis presque.

Laureline s'enfonce encore. Elle a maintenant de l'eau jusqu'au cou.

– Ça y est ! s'exclame-t-elle. Je touche le fond. C'est visqueux, mais ça peut aller.

– Mais qu'est-ce qu'il y a là-dessous ?

– Je ne veux pas le savoir. Tout ce que je sais, c'est qu'il faut quitter cet endroit au plus vite. Vous savez nager, non ? Alors allons-y.

Comme elle s'élance en direction de la rive, une grappe de bulles s'échappe de sous ses pieds et vient éclater à la surface.

– Je ne pourrai jamais, gémit Morgane en se cramponnant aux racines.

Laureline progresse rapidement. En quelques brasses elle a franchi la vingtaine de mètres qui nous séparent des hautes herbes. Elle reprend bientôt pied ; l'eau lui monte jusqu'à la taille.

– Vous pouvez y aller, nous crie-t-elle. Le fond est plus consistant par ici, la terre ferme n'est pas loin.

– À mon tour, fait Jean-Baptiste.

Prenant appui sur une racine, il s'y laisse glisser en serrant les dents. L'eau lui arrive presque au menton. Il se lance et nage vers Laureline.

– À toi, Morgane, s'écrie Laureline. Plonge.

– Plonger ! réplique-t-elle. Pas question que je mette la tête dans cette pourriture.

Je comprends sa répugnance. Piquer une tête dans ce bourbier n'a rien d'excitant.

– Écoute, dis-je pour l'encourager. C'est facile, il suffit de descendre les pieds devant, comme ça.

Et, sans réfléchir, je me jette à l'eau, droit comme un *I*.

Mais j'ai négligé un détail : je suis plus petit que Laureline et Jean-Baptiste ! Je disparais donc sous l'eau et j'atterris dans la vase. L'horreur ! J'ai beau essayer de me dégager, je ne parviens pas à décoller mes pieds de ce fond visqueux.

Je panique, j'étouffe, je vais éclater ! Prisonnier de ce bourbier immonde, j'ai l'impression que ma tête va exploser !

Je sens à ce moment qu'on m'agrippe par les cheveux. Dans un dernier éclair, je vois l'image de Manman d'lo entraînant ses victimes sous l'eau. Je suis perdu !

Mais on me tire vers le haut. La main qui me tient n'est pas celle de Manman d'lo, c'est celle de Morgane. J'émerge. Je respire enfin ! C'est bon, l'air...

– Bon sang, Thibault, que s'est-il passé ? s'énerve Laureline. Pourquoi n'es-tu pas remonté tout de suite ? Tu nous as fait une de ces peurs !

J'essaie de parler, mais je me mets à tousser bruyamment et à cracher une infecte bouillie marron.

– C'était horrible. J'ai eu l'impression que le fond avait cédé sous moi, qu'il m'aspirait, me suçait. Je ne sais pas comment dire… comme si une espèce de poisson gluant avait essayé de me gober tout vivant. Heureusement que tu étais là, Morgane. J'allais y passer…

– Hâtez-vous, dit alors Laureline. Nous ne savons pas ce qui se cache là-dessous. Et je ne tiens pas vraiment à en savoir davantage. Plus tôt nous serons sur la rive, mieux ça vaudra.

L'acte courageux de Morgane semble lui avoir redonné un peu d'énergie. Elle se laisse prudemment glisser dans l'eau, en réprimant des frissons de dégoût, et nage lentement, la tête le plus haut possible hors de l'eau.

Je m'apprête à la suivre lorsqu'un cri de Laureline nous arrête.

– À côté de toi, attention !

Morgane tourne la tête. Sur sa droite, un sillage léger fend la surface de l'eau.

– Un serpent, crie Jean-Baptiste. Fais vite !

Morgane panique. Ses mouvements désordonnés ralentissent son avance, et bientôt le sillage parvient jusqu'à elle. Elle pousse un hurlement strident et sa tête disparaît sous l'eau.

Je m'élance. J'y suis en quelques brasses. Le corps de Morgane flotte à présent, inerte. Je la saisis par le cou, comme j'ai appris à le faire dans mes cours de sauvetage, et je nage en maintenant son visage hors de l'eau.

Je rejoins rapidement les deux autres. Laureline veut prendre Morgane dans ses bras, mais elle se rend compte que ce poids supplémentaire rendra la progression trop difficile.

Nous décidons alors de la laisser flotter, tout en la maintenant sous la nuque. Nous ne sommes pas au bout de nos peines. Les hautes herbes ne poussent pas sur le rivage… Elles poussent dans l'eau. Le bord de la rivière est invisible sous l'épaisseur de la végétation.

À tout instant, nos pieds se posent sur d'écœurantes choses flasques et visqueuses, provoquant des gerbes de bulles qui remontent le long de nos jambes en de répugnants effleurements.

— J'espère qu'il n'y a pas de piranhas dans le coin, chuchote Jean-Baptiste.

Personne ne lui répond, mais l'image de ces poissons carnivores qu'on dit capables de déchiqueter un bœuf en quelques minutes nous donne l'énergie du désespoir.

Barbotant dans la vase, nous arrachons

interminablement nos pieds à la succion de la boue et avançons sous le couvert des arbres qui surplombent la rivière. Bientôt, au-delà des herbes, nous distinguons la masse noire des troncs. La forêt est toute proche.

Morgane entre la vie et la mort

Taraudés par la peur, trébuchant sans cesse dans la vase, nous n'avons plus qu'une idée : sortir de ce bourbier. L'épaisse végétation aquatique gêne notre progression, fouette nos visages et égratigne nos bras.

Nous glissons plusieurs fois sur le fond mouvant. Mais qu'importe : on marcherait sur des oursins, on piétinerait des méduses plutôt que de rester un instant de plus dans ces eaux mortelles.

Après un dernier effort, nous voilà enfin hors de l'eau. La berge n'est pas nettement dessinée, elle forme une sorte de monde mi-terrestre, mi-aquatique. On doit marcher longtemps encore dans la boue profonde, se relayant pour porter notre amie inconsciente. Enfin, à bout de force, nous nous laissons tomber sur le sol herbeux. La rivière est loin derrière nous.

Morgane n'a toujours pas repris connaissance.

Nous l'avons allongée sur le sol et Laureline lui fait la respiration artificielle.

– C'est curieux, dit-elle. Elle ne recrache pas d'eau.

– Elle n'a pas eu le temps d'en avaler, fait Jean-Baptiste. Elle a plutôt été piquée par ce serpent ou je ne sais quel animal venimeux.

– Si c'est le cas, il faut trouver la morsure immédiatement.

Morgane est examinée sous toutes les coutures par trois paires d'yeux attentifs. La recherche est d'autant plus malaisée que la frondaison des arbres ne laisse passer que très peu de lumière. On retrousse ses manches, on ouvre sa chemise, on relève les jambes de son pantalon. En vain. Après plusieurs minutes d'une investigation minutieuse, aucune trace de morsure n'apparaît, si petite soit-elle.

– Mais que lui est-il arrivé ? chuchote Laureline. Elle n'est pas morte, tout de même…

Dans la fraîcheur du matin, alors que nous devinons à peine le soleil au-dessus des arbres, l'idée de la mort s'abat sur nous comme une ombre supplémentaire.

Jusqu'ici, l'esprit entièrement occupé par la peur, nous n'avons pas eu l'occasion d'y songer. Mais cette petite phrase de Laureline, prononcée dans un souffle, ravive notre angoisse.

Ma sœur se penche de nouveau sur Morgane et pose son oreille sur sa poitrine.

– Non, fait-elle enfin ; elle n'est pas morte. Mais le cœur est si faible, je l'entends à peine.

– Il faut lui faire un massage, dit Jean-Baptiste. C'est le seul moyen de relancer le cœur.

– Tu sais faire ça, toi ?

– Euh… non, reprend-il. Mais il faut bien essayer…

Morgane est toujours étendue sur le dos, bras en croix, inerte. Laureline s'agenouille près d'elle. Elle a déjà feuilleté des manuels de secourisme, mais c'est la première fois qu'elle met ses connaissances en application.

Elle pose ses mains sur la poitrine de Morgane, cherche le point de jonction entre les côtes et le sternum. L'ayant trouvé, elle y dépose une main, la recouvre de l'autre main, se redresse un peu pour mettre ses bras à la verticale, et appuie de tout son poids.

J'ai mal pour Morgane ; j'ai l'impression que sa cage thoracique va s'enfoncer. Laureline compte : un, et deux, et trois, et quatre… À chaque chiffre elle appuie, à chaque « et » elle relâche sa pression.

À quinze, elle s'arrête, se penche sur Morgane, puis recommence. Une fois, deux fois, dix fois…

Au bout d'un moment, nous apercevons des gouttes d'eau sur le visage de Morgane. D'où viennent-elles ? Je lève les yeux vers ma sœur et je comprends soudain : Laureline est en larmes !

Elle pleure tout en continuant son travail, même si elle a la sensation de s'acharner inutilement sur un cadavre. Qui fut notre amie autrefois…

– Ce n'est pas possible, murmure Laureline. Ce n'est pas fini. Pas encore, pas comme ça !

Les larmes me gagnent à mon tour. Jean-Baptiste, à côté de moi, est complètement prostré.

Puis l'incroyable se produit. Les couleurs remontent au visage de Morgane. Laureline se redresse, puis colle de nouveau son oreille sur son cœur.

– Il bat ! s'exclame-t-elle. On dirait qu'il bat plus fort !

– Continue, vite, ne lâche pas !

Laureline reprend son travail, avec enthousiasme cette fois. Elle malaxe la pauvre Morgane avec l'énergie du désespoir. Et bientôt, un faible soupir s'échappe des lèvres de notre amie. L'espoir renaît ! Petit à petit le cœur de Morgane reprend un rythme normal. Quand elle ouvre enfin les yeux, un triple cri de joie monte dans la forêt.

– Qu'est-ce que vous avez ? demande-t-elle faiblement. Pourquoi est-ce que vous me regardez comme ça ?

– Parce que tu reviens de loin, lui répond Laureline. On se demandait même si tu allais en revenir.

– Je n'ai pas bougé. Qu'est-ce que tu racontes là !

C'est curieux. Morgane semble avoir tout oublié. Sans doute le choc a-t-il été trop violent. Finalement, sous l'afflux de questions, la mémoire lui revient.

– Je me souviens, maintenant. Je nageais, j'y étais presque, vous n'étiez plus qu'à quelques mètres, et j'ai entendu Laureline crier. Elle m'a prévenu que quelque chose arrivait sur ma droite. Évidemment, j'ai tout de suite pensé à un serpent, ou à un caïman. Quand je l'ai vu, j'ai été prise de panique, j'ai perdu le contrôle. Et d'un seul coup…

– D'un seul coup ? répétons-nous en cœur.

– Je ne sais pas ce qui s'est passé exactement. J'ai reçu une décharge électrique, énorme. J'en ai encore des spasmes, quand j'y pense. Après, je ne sais pas. Je me suis réveillée ici, sur la terre ferme.

– Mais qu'est-ce que c'était ? demande Laureline.

Morgane ne répond pas tout de suite. On

dirait qu'elle n'ose pas dire ce qu'elle a vu, comme si nous allions refuser de la croire.

– Moi, j'ai vu quelque chose, dit Jean-Baptiste. Enfin, il me semble. Une sorte de dos verdâtre, luisant, qui a émergé tout près de Morgane, juste avant qu'elle ne perde connaissance.

– Pas un dos seulement, reprend alors Morgane. Une gueule aussi, une sorte de figure aveugle. Ce n'était pas un serpent, j'en suis sûre. Je ne sais pas ce que c'était, mais quand ça m'a touchée, c'était comme si j'avais mis le pied sur un câble électrique…

Un bateau passe...

Nous restons silencieux. Comment comprendre les déclarations de Morgane ? Nos vêtements sont encore trempés et, sans soleil, nous ne parvenons pas à nous réchauffer.

La nature ici est trop puissante, impénétrable. Elle enfante des créatures secrètes et terribles dans notre imagination, donne corps aux légendes les plus folles, nous fait perdre tout sens de la réalité.

Je sens bien que Jean-Baptiste a envie de reparler de Manman d'lo. Cette fois, personne ne hausserait les épaules. Perdus dans cette forêt, nous croirions presque aux ogres et aux géants. Qui sait d'ailleurs si des peuplades inconnues ne hantent pas ce sous-bois obscur ?

Chacun de nous préfère taire les impressions qui l'assaillent. Il vaut mieux croire qu'il n'y a que des singes dans les arbres, et dans la rivière que des poissons.

Quelle créature a foudroyé Morgane ? Un

gymnote, capable d'envoyer une décharge de plus de six cents volts à ses victimes ?

J'ai beau avoir lu des descriptions de ces poissons dans les livres, mon imagination s'emballe et je sursaute à tout moment, comme si je percevais dans mon dos une présence hostile et invisible.

– Qu'allons-nous faire, maintenant ?

– Il faudrait d'abord savoir où nous sommes.

– Comment le savoir ? Nous ne savons pas jusqu'où nous avons dérivé. Normalement, on devrait être sur la même rive que le carbet : quand le ponton a été pris dans les branches, nous l'avons quitté en partant vers la droite.

– Pas sûr, objecte Laureline. Il y avait des tourbillons ; le ponton a peut-être traversé la rivière.

– La première chose à faire est de trouver un endroit d'où l'on accède à l'eau sans se perdre dans la boue et les herbes géantes. On verra clairement dans quel sens va le courant.

Cette décision nous redonne un certain courage. Nous quittons notre bourbier et nous dirigeons vers la gauche. Entre les troncs gigantesques et la flore omniprésente, notre avance est extrêmement difficile.

Au sol, les herbes coupantes sont autant de pièges à éviter. Les lianes et les feuilles ont de telles proportions qu'elles nous enveloppent à la manière de filets qu'auraient jetés sur nous les esprits des arbres.

Il faudrait un coutelas pour avancer. Et la pensée des insectes monstrueux, des larves et des scorpions qui s'abritent dans la jungle ne fait qu'amplifier notre dégoût.

– On n'en sortira jamais, dit Laureline après s'être débattue un long moment avec les lianes. On a fait dix mètres à peine. À ce train-là, nous en avons pour dix ans.

– Papa et maman doivent être revenus à l'heure qu'il est, dis-je. Ou du moins, ils ne vont pas tarder. Ils vont prévenir la police, faire quelque chose.

– Mais comment pourront-ils nous retrouver ici ? observe Morgane. La jungle est immense et on se perd de vue à cinq mètres.

– En constatant la disparition du ponton, ils supposeront qu'on est partis dessus. Ils suivront la rivière.

– Alors, raison de plus pour se hâter, fait Laureline. Il faut rejoindre le bord de la rivière au plus vite. S'ils commencent des recherches en bateau, nous devons nous rendre visibles. Pressons !

Laureline a raison. De la berge, nous pourrons appeler le premier bateau de passage. C'est notre seule chance.

On se remet en marche, écartant rageusement

les lianes. Les herbes coupantes nous lacèrent les bras et les jambes, les épines nous déchirent les mains et les sucs corrosifs contenus dans certaines plantes nous brûlent la peau et y laissent des taches brunes et irritantes.

Malgré la douleur, nous continuons à avancer. L'idée que, loin devant nous, un bateau puisse passer sans nous voir nous redonne une énergie insoupçonnée. Ma sœur et moi avons pris la tête ; Jean-Baptiste ferme la marche.

– Restez bien derrière moi, crie Laureline. Le moindre écart et vous risquez de vous perdre.

Les troncs des arbres, presque invisibles sous l'exubérante végétation, renvoient en effet la voix dans tous les sens, de telle sorte qu'il est impossible de s'en servir comme guide.

Le propriétaire du carbet nous avait prévenus : dans une forêt aussi dense, il suffit de quelques mètres pour perdre ses points de repère, car les cris se répercutent dans un désordre total.

Nous nous suivons donc comme des aveugles, chacun essayant de rester dans la trace de celui ou celle qui le précède. Tout à coup, Laureline pousse un cri :

– Attention ! La rivière est là ! J'ai failli tomber dedans !

– Comment ça, la rivière ? fait Jean-Baptiste. On est encore sous les arbres.

– Je vois bien, répond ma sœur. N'empêche qu'on est aussi sur l'eau ! Je n'y comprends rien…

– Mais où se trouve la rive ? murmure Jean-Baptiste. On dirait qu'il n'y en a pas…

Comme la plupart des cours d'eau de la forêt, la Comté ne coule pas dans un lit nettement dessiné. Les arbres poussent jusqu'au bord de l'eau, dans l'eau même, et leurs immenses ramures se penchent sur la rivière et y retombent, créant de vastes salles vertes et liquides.

Hors des villages et des débarcadères aménagés, seuls les singes ont accès à la rivière par les branches qui y plongent leurs extrémités. Les singes… et les caïmans, les serpents, et toute cette faune amphibie qui fourmille dans la forêt noyée.

Nous sommes désemparés. Il est inutile de poursuivre dans ce labyrinthe. La chaleur est devenue insupportable. Nous sommes toujours trempés, mais de sueur maintenant. Il est presque midi.

– Vos parents doivent être rentrés depuis un bon moment, dit Jean-Baptiste. Ils nous cherchent sûrement.

– Et ils ont sans doute prévenu la police, ajoute Laureline.

– Dans ce cas, ils auront des bateaux à

moteur. Ça ira vite, ils ne vont pas tard…

– Silence ! coupe Morgane. Écoutez !

À peine perceptible parmi les bruits de la forêt, nous entendons un faible ronronnement. Il se rapproche, s'amplifie, devient bientôt un vrombissement.

– On dirait…

– Mais oui ! C'est un bruit de moteur ! Un bateau ! Un bateau arrive !

Que faire ? Un ample rideau végétal nous coupe du lit de la rivière. Nous pouvons à peine entrevoir le bateau entre deux ramures, mais il est hors de doute que nous restons totalement invisibles pour les passagers.

Il faudrait pouvoir s'accrocher aux branches, sauter sur les troncs inclinés sur l'eau, atteindre l'extrémité du feuillage, et crier, crier… Mais pour ça, il faudrait être des singes…

Le bruit est de plus en plus proche. Entre les feuilles agitées par le vent, j'aperçois la silhouette fugitive de la pirogue qui descend le fleuve. Il y a deux personnes à bord, un homme et une femme.

– Ce sont eux !

Nous appelons au secours, nous hurlons, nous nous égosillons à qui mieux mieux.

– À l'aide ! Au secours ! On est là ! Papa, maman !

À bord, aucun signe de reconnaissance. Le

bateau passe sans s'arrêter, sans même ralentir. Nos voix sont noyées dans le vacarme incessant de la forêt. On ne peut pas rivaliser avec les singes hurleurs, les millions d'insectes et de batraciens : ils font plus de bruit que dix mille personnes dans un stade.

Le bateau passe. Le bateau s'en va !

– Ils ne nous entendent pas ! hurle Morgane au bord de la crise de nerfs. Ils sont sourds ou quoi !

Nous continuons à crier et à gesticuler, en pure perte. Le bateau disparaît derrière les frondaisons. Bientôt, nous nous taisons, épuisés, à bout de nerfs. Dans le lointain, on n'entend plus qu'un léger ronronnement.

C'est fini. Notre dernier espoir vient de s'envoler.

La trace

Longtemps, nous restons immobiles, abattus. Le bruit de moteur s'est définitivement éteint, et l'eau est de nouveau calme.

– Qu'allons-nous faire, maintenant ? demande Morgane.

– Rester ici, répond Laureline. C'est le plus sûr. Ils vont certainement revenir, et d'ici là nous devrions trouver un moyen de leur signaler notre présence.

– Comment ? dit Jean-Baptiste. En te jetant dans cette eau pleine de bêtes répugnantes ? Ils ne te verront même pas !

– On pourrait essayer de faire un feu. Ils ne pourront pas nous rater.

L'idée de Laureline est adoptée à l'unanimité. On se met aussitôt à chercher du bois mort, mais on déchante rapidement : tout est complètement pourri, couvert de mousse et de lichens. Si près de l'eau, on n'a aucune chance. D'ailleurs, on n'a même pas d'allumettes.

Nous refusons cependant de nous avouer vaincus aussi facilement. Réunissant les brindilles les moins humides, nous les frottons vigoureusement les unes contre les autres. Méthode éprouvée, paraît-il. Tous les Robinson font ça.

Au cinéma, peut-être ; dans les livres, à la rigueur. Mais dans la réalité, il en va autrement. Nous avons beau frotter et frotter, pas la moindre fumée ne se dégage de ces bouts de bois incombustibles.

– Les Amérindiens y arrivent, eux, observe Jean-Baptiste. Comment s'y prennent-ils ?

– Ils vivent ici depuis des milliers d'années, répond Laureline. Leur technique est au point. Et ils doivent commencer par le faire sécher, leur bois.

– À propos d'Amérindiens…, reprend Jean-Baptiste. Il y en a par ici, non ? Ils pourraient nous aider.

– Mes parents m'ont dit qu'ils vivent plutôt à l'intérieur de la forêt. On a peu de chances d'en rencontrer dans le coin.

– On doit bien avoir des voisins. Il y a d'autres carbets le long de la rivière.

– Sans doute, mais à quelle distance ?

Le découragement nous gagne de nouveau. Tout ce mal qu'on s'est donné en pure perte pour parcourir quelques dizaines de mètres à travers cet enfer pourrissant !

–Il faut faire quelque chose, dit Laureline. Rester ici est inutile, et s'enfoncer dans la forêt est dangereux. Je propose de suivre la rivière, jusqu'à ce que nous trouvions quelque chose.

–J'aimerais bien qu'on trouve à manger et à boire, fait Jean-Baptiste.

Depuis la veille au soir, nous n'avons rien dans le ventre. J'ai la bouche aussi sèche que si je venais de traverser le désert.

–Trouver de quoi manger ne devrait pas être un problème. Dans les forêts tropicales, tout pousse sur les arbres. On va trouver des tas de fruits, des bananes, des noix de coco.

–Et des glaces à la vanille, aussi ? réplique ma sœur d'un ton sarcastique. Tu rêves, Jean-Baptiste. Dans la jungle, il n'y a que des ronces, des épines, des lianes étrangleuses, des arbres empoisonnés…

–Tu exagères peut-être un peu, non ? fait Morgane. Les animaux qui vivent ici doivent bien se nourrir ?

–Si tu veux manger la même chose qu'eux, libre à toi, reprend Laureline. Des feuilles pourries, des insectes, des crapauds… Moi, il faudrait vraiment que je crève de faim !

–Arrêtez donc de vous disputer ! On remonte la rivière, oui ou non ? Plus vous parlerez, plus vous aurez soif.

Suivre le fleuve, c'est plus facile à dire qu'à faire. D'abord, il n'y a pas de rive. L'eau et la terre forment une sorte de marécage jusque sous les arbres. Ensuite, la végétation est tellement dense que chaque mètre gagné sur la forêt demande des efforts considérables.

Il faut donc avancer au hasard, là où une trouée dans le feuillage semble indiquer un passage. Difficile de s'orienter dans ces conditions. Le seul repère visible est la lumière glauque qui vient de la rivière.

Tout l'après-midi, nous progressons péniblement. La chaleur est insupportable et la moiteur rend l'air presque irrespirable.

Il faut se frayer un chemin à travers les branches et les lianes, repérer les épines et les écoulements de sève corrosive, éviter les herbes coupantes. Nous le faisons en silence : même parler nous demande une énergie que nous n'avons plus !

Quelle distance avons-nous parcourue au cours de ces dernières heures ? Il n'y a aucun moyen de le savoir. Déjà la lumière qui provient du fleuve a pris une teinte orangée. Le sous-bois s'assombrit, bientôt l'obscurité sera totale.

Tout à coup, ma sœur s'arrête.

– Venez voir ! Il y a quelque chose de bizarre.

Je m'approche. Juste devant elle, la végétation est coupée par un long sillon qui la traverse de part en part comme une longue balafre.

– Un chemin ! s'exclame Jean-Baptiste. Suivons-le.

Un chemin, ici ? Après tout, pourquoi pas ? Ce n'est pas le moment de se poser des questions. Oubliant notre fatigue, nous nous précipitons dans cette trace étroite dessinée dans la forêt comme par miracle.

Le sentier est très rudimentaire. Aucune trace de branches abattues ni de défrichage. La trouée a simplement été ouverte par le passage mille fois répété de pieds ou de sabots, mais elle est assez nette pour qu'on puisse la suivre sans trop de peine.

Notre course n'est pas longue. Bientôt, nous débouchons de nouveau sur la rivière. L'eau brille de reflets mordorés sous l'effet du soleil couchant. L'accès à la rivière est presque facile à cet endroit. La rive est boueuse, mais dépourvue de végétation sur un espace assez large.

– Si le bateau repassait maintenant, murmure Laureline, il ne pourrait pas nous manquer.

– Alors restons ici, dit Morgane. Il ne faut pas laisser passer cette chance.

– Pas d'accord, dis-je. Il va faire nuit dans très peu de temps, et aucun bateau ne passera maintenant. Et puis, où allons-nous dormir dans cette vase ?

– Qu'est-ce que tu proposes, alors ?

– C'est bien simple : il faut remonter le sentier en sens inverse. Il doit mener à une habitation quelconque, ne serait-ce qu'à une cabane de coureur des bois.

– Comment peux-tu savoir ça ? dit Morgane, que la perspective de retourner dans la forêt n'enchante pas.

– Ce sentier n'est pas apparu de lui-même. Et puis regardez toutes ces traces de pas dans la boue. Elles mènent forcément à quelqu'un.

– Mais le chemin est peut-être abandonné depuis longtemps, insiste Morgane. Il n'a pas l'air entretenu.

– Tu te trompes. Les plantes, ici, poussent à une vitesse phénoménale. Si ce chemin était abandonné, ne serait-ce que depuis une semaine, il serait déjà complètement recouvert par la végétation.

Mon hypothèse est adoptée. Nous décidons de profiter des dernières lueurs du jour pour partir à la recherche de la cabane qui se trouve peut-être au bout de ce chemin. La perspective de nous désaltérer enfin nous donne des ailes.

La lumière crépusculaire est tout juste suffisante pour nous permettre de suivre le sinueux chemin entre les hautes herbes.

– Dites donc, fait Jean-Baptiste au bout d'un long moment. Vous ne trouvez pas ça curieux ?

– Quoi ? demandons-nous.

– Regardez : les plantes reprennent le dessus. On dirait qu'elles se referment au-dessus de nos têtes. Le passage est à peine suffisant pour nous, maintenant.

En effet, les plantes se rejoignent au-dessus du sentier, formant une sorte d'arche qui s'abaisse de plus en plus. Bientôt, c'est dans un véritable tunnel végétal que nous nous retrouvons.

– Encore un piège, grommelle Jean-Baptiste. Et ça pue ici. Vous ne sentez rien ?

– C'est vrai que ça ne sent pas bon, approuve Morgane. Pourquoi est-ce qu'on ne retourne pas vers la rivière ? Au moins, il faisait plus clair qu'ici.

L'obscurité est effectivement totale. Nous sommes pris dans un cul-de-sac, un long boyau d'herbes et de lianes enchevêtrées. Et cette odeur affreuse…

– Je n'aime pas ça du tout, murmure Jean-Baptiste.

– Silence ! coupe Laureline. Écoutez !

Nous prêtons l'oreille. Malgré le vacarme ambiant, nous percevons en effet, à quelques pas de nous, une sorte de ronflement menaçant.

– Il y a quelque chose tout près, fait Jean-Baptiste dans un souffle. Quelque chose qui nous guette…

Jean-Baptiste a vraiment le chic pour drama-tiser, mais il a raison. Nous n'osons plus parler, cette présence invisible nous paralyse. La puan-teur nous parvient maintenant comme une épaisse bouffée d'air empoisonné. La peur exa-cerbe nos sens ; il nous semble même percevoir un souffle rauque, une respiration mons-trueuse…

Serrés les uns contre les autres, nous scrutons l'ombre épaisse. À quelques pas, il me semble discerner un mouvement fugace. Et soudain, je les vois : deux yeux, injectés de sang, qui nous fixent intensément !

Vampires

– Qu'est-ce que c'est ? crie Jean-Baptiste.

La réponse jaillit du fourré, où un grogne-ment s'élève. Une ombre énorme s'élance sur nous.

Nous avons tout juste le temps de nous jeter dans les fourrés pour éviter d'être écrasés. La créature ne s'est pas arrêtée. Sa forme massive se fond rapidement dans le noir, dans un cra-quement de branches et de broussailles. La bête s'est dirigée vers la rivière.

– Qu'est-ce que c'était ? reprend Jean-Baptiste d'une voix étranglée. Il n'y a pas d'hippopotames en Amérique du Sud, que je sache…

En toute autre circonstance, cette remarque nous aurait fait éclater de rire ; mais ici, elle ne fait qu'accentuer notre angoisse.

– Pas d'hippopotames, non, dis-je après un long silence, mais sûrement des tas d'autres choses que je préférerais ne pas rencontrer.

– Cette chose-là, demande faiblement

Morgane, elle va sûrement revenir ?

Cette éventualité nous glace d'effroi. Mais que faire ? Repartir vers la rivière, là où elle a disparu, ou rester ici et nous enfoncer davantage dans ce sombre boyau végétal ?

À ce problème s'ajoutent tous les autres. Le froid qui commence à monter du fleuve, charrié par la brume. La faim, qui nous tenaille depuis le matin. Et surtout la soif, atroce, qui nous dessèche les lèvres et nous gonfle la langue. Ma salive est comme une pâte collante qui me tapisse la gorge et le palais.

– J'ai trop soif, articule péniblement Jean-Baptiste ; je crois que je boirais l'eau de la rivière.

– Moi aussi, fait Laureline en soupirant.

– Vous êtes dégoûtants, dit Morgane. Avec tous les microbes qui infusent là-dedans, les vers, les sangsues, les amibes, sans compter les poissons carnivores…

– Quand nous serons morts de soif, réplique Laureline, ça nous avancera bien d'être en bonne santé !

– Il y a peut-être une autre solution, dis-je enfin. Les feuilles retiennent parfois l'eau de pluie. Suffit de la trouver.

– Suffit, suffit, grogne Jean-Baptiste. Facile à dire ! On y voit comme dans un four.

– Vous tenez vraiment à retourner à la rivière

maintenant ? Toutes les bêtes de la jungle vont s'y retrouver pour boire. Les jaguars, et tous les autres fauves. Les caïmans aussi seront au rendez-vous pour leur festin du soir. Nous serons en terrain découvert, au milieu de tous ces dévoreurs. Il vaut mieux continuer.

De guerre lasse, nous décidons finalement de rester là où nous sommes, nous sentant plus ou moins protégés par l'épaisse végétation. Nous nous pelotonnons sur le sol.

Dormir ? Non, il ne faut pas y songer. Qui pourrait se laisser aller au sommeil, malgré la fatigue, sur ce sol détrempé, parmi les mille-pattes géants, les crapauds et les insectes déguisés en branches mortes et en feuilles pourries ?

Blottis les uns contre les autres, nous frémissons au contact innommable de bêtes invisibles qui nous frôlent sans cesse, surgissant du sol ou des plantes et s'y fondant aussitôt. La nuit est vivante et nous enserre dans ses tentacules moites et glacés.

Ne pas dormir. Résister. Grelottant de froid, nous n'osons pas nous regarder. Je devine des yeux par milliers braqués sur nous, attendant notre sommeil, à l'affût de la moindre défaillance.

Les bruits de la jungle nous environnent de toute part : hurlements, cris de détresse et de rage, piaulements désespérés des plus faibles succombant sous les crocs des plus forts, craquements sourds des arbres qui s'écroulent sans avoir jamais pu atteindre la lumière…

La fatigue, cependant, est plus forte que la peur. Je sombre peu à peu dans une torpeur désagréable, une sorte d'abrutissement qui me mène peu à peu au délire.

Rêve ou réalité ? Je suis trop exténué pour faire la différence. Des ailes légères passent devant moi comme des feux follets, presque immatérielles. Je pèse une tonne. Je suis hypnotisé. Je m'abandonne définitivement à un demi-sommeil lourd et tourmenté. Puis les ailes se rapprochent, se posent sur mon visage, sur mon cou…

Une sueur glacée colle mes vêtements à ma peau. Les ailes de la nuit me recouvrent comme un suaire. Des milliers d'insectes sortent de la terre et me parcourent sans crainte. Puis d'autres êtres rampants s'approchent…

L'un d'entre eux est énorme. Il sort des broussailles en reniflant, pose son museau froid sur mes jambes. Un long serpent sort de sa bouche, gluant ; il se tortille sur mon corps sans défense, semant la panique parmi les insectes.

Soudain, un cri perçant ! Je me redresse en sursaut. Une faible lumière, légèrement verte, baigne le tunnel végétal. Au-dessus de la forêt, le jour s'est levé.

Morgane est assise en face de moi, en proie à une terreur folle. C'est elle qui a crié. Elle me regarde avec des yeux démesurés. Je ne comprends pas ce qui se passe. Je n'ai que le temps de voir disparaître dans les fourrés un gros panache grisâtre.

Laureline se trouve à côté d'elle. Son visage est couvert de sang ! Frénétiquement, elle se frotte pour se débarrasser des milliers de fourmis qui se sont agglutinées sur ses blessures.

Le spectacle est saisissant. Sur son front et son cou, des égratignures légères continuent à saigner sous les grappes de fourmis attirées par ce festin. Je m'aperçois alors que tous me regardent avec terreur.

Je porte les mains à mon front. Il est humide et poisseux. J'abaisse mes mains et je les contemple, incrédule : tout comme Laureline, je suis barbouillé de sang et d'insectes ! Et pourtant, je ne ressens aucune douleur…

Morgane et Jean-Baptiste se lèvent brusquement pour nous aider à nous nettoyer.

– Il faut immédiatement rejoindre la rivière, dit Laureline. Et laver ça, sinon toute la vermine va se jeter sur nous.

Surmontant mon épuisement, je me lève en chancelant et nous reprenons le chemin du fleuve. Nous sommes tous harassés, mais Laureline et moi sommes particulièrement faibles. Les autres doivent nous soutenir pour nous éviter de trébucher à chaque pas.

Enfin, après un parcours épuisant, nous arrivons en vue de l'eau. Le soleil illumine la rive boueuse de tons jaunes. Morgane et Jean-Baptiste prennent un peu d'eau dans leurs mains et nous lavent le cou et le visage. Puis Jean-Baptiste va chercher des feuilles pour en faire des compresses.

Malgré le nettoyage et les pansements rudimentaires, nos blessures continuent de saigner. Ma sœur propose de les recouvrir d'un peu de glaise, connue pour ses vertus antiseptiques. Je dois surmonter ma répugnance, mais il me faut bien subir ce traitement, le seul dont nous disposions.

En quelques secondes, l'hémorragie est arrêtée. Barbouillés de terre jaunâtre, nous avons l'air de soldats de commando. Épuisé, je me laisse tomber à terre pour récupérer un peu.

– Qu'est-ce qui vous est arrivé ? demande Morgane. On s'est tous endormis, apparemment, mais avec quoi vous êtes-vous blessés ?

– Je ne sais pas, dit Laureline. J'ai l'impression d'avoir dormi tout le temps, mais j'ai fait un cauchemar. Des ailes noires voletaient autour de moi, m'effleuraient le visage, avec des yeux et des dents. C'était horrible…

– Horrible, oui, fais-je d'un air sombre. Et

après, une sorte de ver tout poisseux et collant se promenait sur ma figure.

– C'est incroyable ! Nous avons fait le même rêve !

– Je ne crois pas que vous ayez rêvé, fait Jean-Baptiste. J'ai vu quelque chose disparaître dans les bois quand le cri de Morgane m'a réveillé. Un gros panache gris. Je pense que c'était la queue d'un tamanoir.

– Un tamanoir ?

– Oui, un fourmilier géant. Il a dû être attiré par les fourmis qui vous recouvraient.

– En tout cas, ça expliquerait cette sensation gluante sur nous, fait Laureline en frissonnant. C'était sa langue…

– Et les blessures ? je demande. Et ces bêtes ailées qui se posaient sur nous ?

– J'ai bien peur de deviner, maintenant, murmure Laureline. Mais je ne croyais pas que ça existait vraiment. Rien que d'y penser, j'ai envie de m'évanouir…

– Qu'est-ce que tu veux dire ? fait Morgane avec inquiétude. Tu crois que… que c'était des…

– Oui, tranche Laureline en réprimant un tressaillement de dégoût. Des vampires…

La nuit tombe

Des vampires dans la forêt tropicale ? Oui, bien sûr. De tout petits vampires, mais vampires quand même. Des chauves-souris qui tiennent dans la main et qui s'en prennent plus souvent aux animaux qu'aux hommes, mais qui ne dédaignent pas, à l'occasion, s'accrocher au cou d'un dormeur.

Le vampire sud-américain ne prélève pas beaucoup de sang sur sa victime, mais les minuscules blessures saignent longtemps car sa salive contient un anticoagulant. Voilà pourquoi Laureline et moi avons le visage en sang malgré l'insignifiance des morsures.

Avec le recul, je me rends compte que tout cela n'avait rien de très grave mais, au milieu de ce cauchemar, nos visages ensanglantés avaient quelque chose de terrifiant et de fantastique à la fois.

Nous sommes assis dans la boue, presque dans l'eau. Il faut attendre ; nous ne pouvons rien faire d'autre. Attendre qu'un bateau passe, espérer que le pilote nous voie pour nous sortir enfin de cet enfer.

Voilà deux jours que nous n'avons rien mangé. Contrairement à ce que pensait Jean-Baptiste – à ce que pensent les gens en général, d'ailleurs –, il n'y a rien à manger dans la jungle. On rêve d'arbres regorgeant de fruits, de bananiers, d'ananas. D'arbres à pain et de fromagers…

Pourquoi pas un arbre à limonade fraîche ?! La réalité est tout autre. Pour survivre dans la forêt tropicale, il faut y être né, ou être accompagné d'un guide expérimenté.

L'enfer vert ! Avant d'y être plongé, je trouvais le nom évocateur, presque magique. Mais désormais, il n'évoquera plus pour moi qu'un lieu de tourments aux couleurs de la pourriture.

Le temps s'écoule lentement. Le soleil est haut au-dessus de la rivière, il a chassé le froid et les brouillards nocturnes. Nous sommes trempés de sueur. Machinalement, je lèche mon tee-shirt. C'est acide, amer, je ne sais pas. Infect, en tout cas. Mais ça soulage ma langue douloureuse et gonflée.

Puis je vois Jean-Baptiste se traîner dans la boue, tout au bord de l'eau. Ses avant-bras disparaissent dans l'eau sale. Il en approche son visage, hésite un instant, et se décide enfin. Il se contente au début de tremper sa langue, comme le ferait un chat, mais finalement il enfonce profondément ses lèvres et avale l'eau à longs traits.

Bientôt, Laureline l'imite, malgré son dégoût, puis je m'avance à mon tour vers l'eau boueuse. C'est immonde, je préfère fermer les yeux. Qui sait la quantité de vers minuscules, de larves et de microbes que nous pouvons ingurgiter ? Qu'importe. La soif est trop insupportable. J'avale un peu de ce bouillon de culture.

C'est répugnant. J'ai dans la bouche un goût de terre et de feuilles pourries. Cependant, je dois avouer que je me sens mieux maintenant. Si seulement il y avait quelque chose à manger !

On piétine, on tourne en rond, on ne s'en sortira pas. Je jette un œil terne sur la rivière. Le bateau va-t-il repasser ? Il y a peu de chances. La Guyane est immense : il faudrait une armée pour la ratisser, et encore !

– Écoutez, dit alors ma sœur en se redressant. Je ne vois qu'une solution. Ça ne sert à rien de rester ici. Quand on nous trouvera, nous serons déjà morts. Nous ne pouvons compter que sur nous-mêmes.

– Alors nous sommes fichus ! fait Morgane en fondant en larmes.

– Pas encore, réplique Laureline. Il y a cette trace par laquelle nous sommes venus.

– La trace ? Mais c'est le passage de toutes les bêtes sauvages.

– Justement. Si les bêtes passent, nous passerons aussi. Qu'est-ce qu'on risque ? C'est en restant ici qu'on va se retrouver nez à nez avec elles quand elles viendront boire… En remontant le sentier, on débouchera peut-être sur un vrai chemin. Mais il faut se dépêcher, je ne tiens pas à passer une autre nuit en compagnie des vampires.

Je frissonne à ces mots. Elle a raison, il faut filer d'ici.

Pendant que nous cheminons, j'entends Morgane demander à Laureline si elle sait ce qu'étaient ces yeux qui nous ont observés hier soir. Laureline hausse les épaules en signe d'ignorance.

Les yeux… Depuis que nous avons quitté le bord de la rivière, nous avançons presque à tâtons, et l'impression d'être épié par des créatures invisibles me reprend malgré moi. Les yeux de la forêt…

Notre progression est de plus en plus difficile. Nous avons dépassé le lieu où nous nous sommes endormis la veille. Il faut maintenant marcher courbés sous la voûte végétale, lacérés par les épines, fouettés par les branches. L'odeur de pourriture est insupportable.

Nous continuons pourtant d'avancer. Je ne

sais pas ce qui nous attend devant, mais je sais que derrière il ne reste aucun espoir. L'air saturé d'humidité se referme dans notre dos comme un épais rideau, et bientôt la nuit tombe sur nous.

De nouveau, nous voilà ensevelis dans l'humidité glacée et les ténèbres.

Dans la forêt

C'est notre troisième nuit dans la forêt, et nous en sommes au même point. Pire, même, car maintenant nous n'espérons plus aucun secours. Nous sommes recroquevillés sur le sol humide et fangeux, grelottant de froid, dans une sorte d'état second. Malgré notre faiblesse, la faim et la peur nous maintiennent éveillés.

D'ailleurs, je ne tiens pas à m'endormir. J'ai encore devant les yeux les images de ces ailes noires voletant près de mon visage, se posant sur moi, suçant mon sang… Non, je ne veux pas dormir. Il me semble que je ne pourrais plus jamais me réveiller…

Pour éviter de succomber au sommeil, je m'accroupis : je tomberai si je m'endors, et le choc me réveillera.

J'ai faim, j'ai froid, j'ai peur. Je voudrais que le cauchemar finisse, me réveiller dans mon lit, ou dans un des hamacs du carbet, n'importe où, pourvu qu'il y ait de la lumière et un petit déjeuner…

Je me réveille transi. Il n'y a pas de petit déjeuner. Pas de hamac, rien. Je suis dans la forêt, roulé en boule, avec mes trois camarades. Ils dorment encore. Le jour doit s'être levé, car une faible lumière émeraude baigne le sous-bois.

Machinalement, je porte la main à mon front humide, puis j'examine mes doigts. De la rosée, mais pas de sang. Ouf! Les vampires ne nous ont pas visités cette nuit. Des douleurs à l'estomac me rappellent qu'il est désespérément vide.

Je secoue Jean-Baptiste, tout à côté de moi.

– Hein! Qu'est-ce qui se passe?

Il n'a pas l'air en meilleure forme que moi. Puis les filles se réveillent à leur tour, la mine défaite. Nous avons l'air de ces rescapés d'un tremblement de terre ou d'un camp de réfugiés qu'on voit parfois dans les reportages à la télévision.

– Ce n'était donc pas un rêve, murmure Morgane en frissonnant.

Sa voix est rauque et pâteuse. Les autres ne répondent pas. Leur gorge, comme la mienne, doit être complètement desséchée, incapable de laisser passer le moindre son. Mes tempes bourdonnent.

Laureline finit par se lever. Comme un fantôme, elle se met à rôder près des arbres les plus proches, à palper des plantes qui ressemblent à des choux gigantesques. Elle en approche son visage, tire la langue. Que fait-elle donc ? Elle délire. Voilà qu'elle écarte les tiges et qu'elle les lèche doucement.

Je comprends soudain. L'eau ! Cette eau qui nous manque cruellement et qui pourtant nous entoure de toute part. Il suffit de savoir la chercher là où elle se trouve : piégée par les feuilles et les cavités laissées entre les tiges.

Nous imitons aussitôt Laureline. Très vite, nous découvrons un peu partout ces petites poches d'eau que nous lapons tant bien que mal. Nous nous sentons un peu mieux.

– J'ai faim, fait Jean-Baptiste.

– Moi aussi, réplique ma sœur avec énervement. Mais je n'ai pas encore trouvé un arbre à hamburgers !

– Ne recommencez pas, dit Morgane. Ce n'est vraiment pas le moment de faire de l'esprit.

Le plafond végétal est toujours très épais, mais la faible lumière ambiante nous indique que la trace continue sous les fourrés. Nous nous y engouffrons à la queue leu leu, sans ajouter un mot.

Les heures passent, mais notre procession de fourmis ne débouche sur rien. J'ai les jambes en coton, je sens que bientôt mes pieds ne voudront plus m'obéir. Je commence à avoir des vertiges. La forêt nourricière ? Pas pour ceux qui ne mangent pas de bois. C'est tout de même incroyable ! Je nous vois en train de mourir de faim au beau milieu de cette profusion de vie sauvage !

Tout à coup, Laureline s'arrête :

– Regardez !

Autour de nous, le tunnel n'est plus aussi resserré et la végétation est moins dense. Juste devant, un étroit sentier traverse notre chemin !

Tracé par l'homme ? Rien n'est moins sûr, mais au moins voilà quelque chose de tangible.

– J'avais raison ! fait Laureline. Voici un chemin !

– Quel chemin ? fait Jean-Baptiste. Tu n'es pas difficile ; on le distingue à peine. Si quelqu'un est passé par ici, ça doit faire des années.

– Inutile de discuter, tranche ma sœur. C'est la seule solution qui s'offre à nous, on n'a pas le choix.

– Alors, de quel côté ?

– Vers la droite, conclut Laureline. Je pense qu'ainsi nous remonterons la rivière.

Nous reprenons la route avec un nouvel espoir. Il me semble que le feuillage s'éclaircit. De loin en loin, j'aperçois un rayon de soleil filtrer à travers les multiples étages de la forêt. Est-ce bien réel ou ne s'agit-il que d'hallucinations provoquées par la faim et l'épuisement ?

Je ne sais qu'une chose : il faut avancer, encore et toujours, malgré les blessures cuisantes que nous infligent les herbes coupantes. Et au milieu de cet enfer, des visions de pizzas gigantesques et de plats de spaghetti m'assaillent comme les images d'un paradis perdu…

Je m'arrête, épuisé, et je m'adosse à un arbre. Il faut faire une pause. Sans un mot, mes trois camarades s'affaissent dans l'herbe. Je me laisse tomber moi aussi, la tête entre les jambes.

– Qu'est-ce que c'est que ça ?

Cette exclamation de Jean-Baptiste me ramène soudain à la réalité. Il est agenouillé et fixe le sol devant lui. Il écarte les herbes, saisit quelque chose, puis se redresse.

Dans sa main ouverte, il nous montre un objet cylindrique, un petit bâton rouge maculé de boue et de débris végétaux.

– Une cartouche ! s'exclame-t-il. Un chasseur est passé par ici !

La douille de la cartouche est rouillée, mais seulement en surface. Il n'y a donc pas si longtemps qu'elle a été tirée. Quelques semaines, quelques jours, peut-être. Il y a des hommes, ici. Un village. Qui sait ?

Cette découverte nous donne un coup de fouet. Après ces deux jours d'errance aveugle, c'est le premier indice indiscutable d'une présence humaine.

Nous nous élançons de nouveau avec une sorte de rage. Mes jambes ne me portent presque plus et je tombe à plusieurs reprises. Les autres ne semblent pas en meilleure condition que moi.

Jamais je n'ai eu à fournir un effort aussi violent ; je n'ai plus aucune énergie et j'ai l'impression qu'une volonté extérieure me traîne malgré moi.

Soudain, il me semble que l'air arrive de nouveau à mes poumons. De la lumière ! Comme si la forêt venait de s'ouvrir subitement pour laisser passer les rayons du soleil et circuler l'air pur. Une clairière !

Mes yeux me font mal, mais ils ne me trompent pas : devant nous, frêle mais bien réel sur ses pilotis, un carbet se dresse au milieu de la clairière.

Sauvés !

Qui va là ?

Nous nous précipitons vers le carbet en appelant à l'aide, mais personne ne se manifeste.

– Peut-être que les occupants sont partis à la chasse, suggère Laureline. On va les attendre ici.

– Pas question, fais-je. J'ai trop soif et trop faim. Allons voir là-haut s'il y a quelque chose.

Nous nous approchons de l'échelle branlante qui mène au plancher du carbet. L'endroit n'a pas l'air très entretenu. Les montants de bois sont couverts de mousse et de lichens, et plusieurs barreaux sont passablement détériorés.

– Vous êtes sûrs que quelqu'un habite ici ? demande Morgane en reniflant avec suspicion les barreaux à demi pourris.

– Nous verrons là-haut, dis-je en empoignant les montants.

Nous grimpons les uns après les autres. Je me demande si Morgane n'a pas raison. La cabane est dans un état misérable. Les persiennes couvertes de mousse semblent closes depuis des années. Les murs de bois sont complètement délabrés et des pans de la toiture pendent de l'auvent, comme si le carbet, à la manière des serpents, était en train de perdre une vieille peau.

Devant la porte fermée, nous attendons un instant, perplexes. Même si cette cabane est manifestement abandonnée, nous hésitons à entrer. Mais la soif et le désir de nous reposer enfin ont raison de nos réticences.

La porte n'a même pas de poignée. Elle est en si piteux état qu'elle risque de s'effondrer à la première pression. Du doigt, j'essaie de la pousser. Elle résiste : le bois gonflé par l'humidité est coincé dans le chambranle.

Jean-Baptiste m'écarte d'un geste. D'un coup d'épaule, il enfonce la porte. Emporté par son élan, il disparaît dans la pièce béante, où il s'étale de tout son long.

Nous le rejoignons avec prudence. L'intérieur est sombre et étouffant. Une odeur de moisi nous assaille.

– C'est infect, fait Morgane en se bouchant le nez. Infect et inhabité.

– Ce sera toujours un endroit où passer la nuit à l'abri des bestioles, réplique ma sœur. Aérons pendant qu'il reste un peu de jour.

À tâtons, nous nous dirigeons vers la fenêtre qui fait face à l'échelle extérieure. Laureline a du mal à l'ouvrir. La fermeture est hors d'usage et le bois a travaillé.

– Tu n'y arriveras pas, fait Jean-Baptiste. Si tu tires trop fort, c'est le mur entier qui va venir. De toute façon, la porte donne suffisamment de lumière.

Mal à l'aise, nous faisons le tour du propriétaire. L'ameublement est étrange et rudimentaire. Un vieux hamac, bien sûr, meuble essentiel de tout carbet, mais aussi une profusion de caisses de bois clouées, de statuettes et d'objets dont l'usage nous échappe.

Nous verrons ça plus tard. Le plus urgent, pour l'instant, est de trouver à boire et à manger.

En furetant au milieu de ce bric-à-brac, nous finissons par découvrir une grande boîte en carton mal fermée.

– Essayons ceci, déclare Laureline en ouvrant le carton. Nous rembourserons plus tard les propriétaires… s'ils existent !

Du carton, elle tire six bouteilles qu'elle pose à nos pieds, dans la pénombre. Elle prend le temps de les examiner, pendant que nous nous retenons pour ne pas sauter dessus.

– Eau ou jus de fruits ? demande Jean-Baptiste, implorant.

– Ni l'un ni l'autre, fait Laureline en les examinant. Du rhum. Six bouteilles de rhum !

– Ce n'est pas ça qui va nous remettre en forme, commente Morgane avec lassitude.

– Moi, répond Jean-Baptiste, j'ai tellement soif que je boirais du pipi de chat !

En poursuivant nos recherches, nous constatons qu'il n'y a rien d'autre – même pas du pipi de chat. Nous voici donc assis en rond sur le plancher malodorant, voûtés, fourbus, désespérés. Au milieu du cercle, luisant faiblement sous les derniers rayons du soleil, les six bouteilles de rhum nous font de l'œil. Nous les contemplons avec fascination, objets interdits mais combien désirables après ces trois nuits d'épouvante et de jeûne forcé.

– L'alcool n'est peut-être pas très indiqué, murmure Morgane.

– Oui, mais ça réchauffe.

– Tu n'y penses pas, Thibault ! reprend Laureline. Tu n'as pas l'habitude et tu n'as rien dans le ventre. Le rhum va t'assommer d'un seul coup.

– Je suis *déjà* assommé. Et puis il n'y a que ça. Je ne vais pas descendre manger de l'herbe !

Le soleil a complètement disparu derrière les arbres. L'ombre a envahi le carbet. Seule la lune, quelque part au-dessus de nous, dispense une faible lueur.

Je saisis une des bouteilles et la garde un long moment sur mes genoux. Puis je la débouche, péniblement. L'odeur du rhum se répand. Ça ne sent pas si mauvais que ça ! Je porte le goulot à ma bouche.

Pouah ! C'est vrai que c'est horrible ! Ça brûle, j'ai l'impression que je viens d'avaler du pétrole et que je vais lancer des flammes. Je tousse à m'en déchirer la gorge. Des feux d'artifice explosent dans mon estomac, j'ai du mal à retenir mes larmes.

– Aaaaah, ça fait du bien, dis-je malgré tout en reposant la bouteille et en affectant de trouver ça bon.

Les autres me regardent, dubitatifs. Je leur souris. La chaleur se répand dans mon corps et je ne sens plus ma fatigue. Cette pièce obscure me semble moins rébarbative, tout à coup. J'en reprendrais bien une goutte !

– Hé, doucement…, fait Jean-Baptiste, laisses-en pour les autres !

À travers le léger brouillard qui voile mes yeux, je le vois tendre la main vers moi et empoigner la bouteille. Il boit à son tour, puis il la passe à Laureline, qui refuse.

Malgré les gros yeux de ma sœur, j'en reprends une petite gorgée et je me laisse tomber en arrière. Une vague tiède déferle sur moi. La chaleur me monte à la tête, les oreilles me picotent. J'éclate de rire. La terreur de la forêt est loin. Les singes peuvent bien hurler et les crocodiles danser la java, ça ne m'atteint plus.

Je crois bien que je m'endors…

Des coups sourds me tirent brusquement de mon sommeil. Encore un rêve ? Je ne sais plus. Je me sens complètement abruti, ma tête est lourde et ma langue pâteuse.

– Vous entendez ?

C'est la voix de Morgane qui chuchote, tout près de moi. Je ne rêve donc pas. Les autres se réveillent également en grognant.

– Chut, écoutez, reprend Morgane dans un souffle.

Le cœur battant, le souffle court, nous tendons l'oreille. Des coups ! C'est bien ça. On frappe sur les pilotis ; les coups sont sourds, réguliers.

– Qu'est-ce que c'est ? murmure Morgane d'une voix étouffée.

– Sans doute les propriétaires qui reviennent, s'écrie Laureline, un peu affolée. Il vaut mieux nous montrer les premiers.

Elle s'avance dans l'obscurité, puis nous la suivons tous les trois. Nous avons du mal à garder notre équilibre.

La porte brisée est restée ouverte. Laureline nous y précède. Nous la rejoignons en chancelant et nous nous appuyons sur le chambranle. Le bois grince. Au-dessous de nous, les coups ont cessé. La forêt est étrangement silencieuse. C'est mauvais signe.

Laureline s'approche de l'échelle, saisit les montants, se penche au-dessus du vide. Les pieds des pilotis sont noyés dans une brume blanche et vaporeuse. Laureline appelle doucement :

– Hello ! Il y a quelqu'un ?

Nulle réponse ne monte de la clairière obscure. Laureline avale sa salive, puis elle appelle de nouveau, plus fort :

– Hé ! vous, en bas ! Montrez-vous ! Nous ne sommes pas des voleurs, nous sommes seulement très fatigués et…

Tout à coup, l'échelle se met à trembler et à grincer. Quelqu'un monte ! Mais pourquoi ne répond-il pas ?

Penchés au-dessus du vide, nous voyons alors une forme émerger lentement du brouillard, comme une apparition.

Instinctivement, nous nous plaquons contre le mur. Le bois grince toujours, à intervalles réguliers. Et soudain, deux mains décharnées se posent sur les montants de l'échelle, encadrant un chapeau horriblement défraîchi.

Morgane pousse un cri. Sous le chapeau vient d'apparaître une figure de cauchemar, un visage blême et effroyablement maigre, percé de deux yeux noirs enfoncés dans leur orbite…

Qui êtes-vous ?

Ce qui me frappe le plus à ce moment-là, c'est l'expression de surprise et de terreur que je lis dans ces yeux.

L'homme qui vient d'apparaître reste muet, bouche entrouverte. Son regard se pose successivement sur chacun de nous, et la frayeur que nous y lisons est bien la dernière chose à laquelle nous nous attendions.

Un long moment s'écoule, sans que personne n'ose faire le moindre geste. Enfin, Laureline avance d'un pas et rompt le silence.

– Excusez-nous, monsieur. Nous ne savions pas que ce carbet était habité, et…

L'inconnu n'a pas l'air de comprendre, ni même d'entendre. Il n'a pas bougé, et seules sa tête et ses épaules dépassent le niveau du plancher. Son regard fiévreux n'exprime toujours qu'une immense stupéfaction.

Laureline tend le bras vers lui, dans un geste d'invitation. L'homme ne réagissant toujours pas, elle nous fait signe de la rejoindre à l'intérieur. Nous y suivra-t-il ?

Une fois dans le carbet, nous nous asseyons en silence. Après un long moment, nous entendons le plancher grincer. L'inconnu s'approche lentement, d'un pas mal assuré. Puis sa silhouette se découpe dans l'encadrement de la porte, dessinée par la lumière de la lune.

On dirait un spectre. L'homme est affreusement maigre, vêtu d'une chemise douteuse et d'un pantalon informe découpés dans de la toile. Ses pieds sont nus.

Je m'attendais à rencontrer un homme des bois aux traits durs, un aventurier aux intentions douteuses. Mais nous n'avons devant nous qu'un pauvre vagabond à demi mort de faim, un squelette recouvert d'une peau fripée et de haillons informes.

Avec des gestes maladroits, l'homme saisit une sorte de lampe-tempête suspendue au montant de la porte. Tirant des allumettes de sa poche, il l'allume, s'approche de nous, toujours sans dire un mot, et pose la lampe sur le sol. Puis il recule lentement vers le mur, s'y adosse, et s'accroupit enfin.

La même question nous brûle les lèvres. Laureline n'y tient plus :

– Mais enfin, souffle-t-elle. Qui êtes-vous ?

L'homme ne répond pas. Il nous regarde toujours de ses yeux effarés. Bien sûr, c'est lui qui aurait dû poser cette question. C'est nous qui sommes les intrus dans sa maison.

Laureline s'avance doucement vers lui et s'accroupit à son tour, pour être à sa hauteur.

– Nous ne vous voulons aucun mal, lui dit-elle d'une voix douce. Nous nous sommes perdus dans la jungle et nous avons trouvé refuge ici. Nous nous excusons pour les dégâts, mais nous avions faim et soif.

L'homme reste muet.

– Comprenez-vous notre langue ? reprend Laureline en portant ses doigts à sa bouche et en essayant de mimer sa question. Pouvez-vous parler ?

Cette fois, l'homme semble comprendre. Il montre sa bouche et ses oreilles en secouant la tête.

– Un sourd-muet ! s'exclame Morgane.

L'homme se lève alors et se dirige d'un pas hésitant vers le fond de la pièce, plongé dans la pénombre. Du mur, il décroche avec précaution une vieille image, qu'il serre entre ses doigts tremblants. Après avoir longuement hésité, il nous la tend.

Nous nous approchons. C'est une vieille photo jaunie, piquée de taches de moisi, qui semble dater d'avant la guerre, comme celles qu'on voit dans les livres d'histoire.

Elle représente un homme jeune, vigoureux. Son regard est rude et décidé. Il porte un drôle de costume, qu'on dirait découpé dans un vieux sac de pommes de terre. Sur la poitrine est cousu un numéro. À l'arrière-plan, on distingue assez mal des constructions miséreuses en bois, se détachant sur un fond de jungle.

– Quel accoutrement bizarre, fait Laureline à voix basse en contemplant le personnage.

Machinalement, je retourne la photo et je remarque une inscription à demi effacée : *Cayenne, 1948.*

– Un prisonnier ?

De retour

– Un prisonnier ? Pire que ça. Un bagnard. C'est un rescapé du bagne de Cayenne.

Nous sommes étonnés par la réponse de cet homme à la voix sourde qui nous ramène dans son embarcation vers le carbet de mes parents.

– Cayenne, reprend-il. Cet horrible pénitencier où les Français envoyaient autrefois leurs prisonniers. L'enfer du bagne ! Les déportés crevant sous la chaleur et les coups ! La mort lente et atroce… Heureusement, le bagne a été fermé en 1948. Hélas, il avait fait de mon pauvre ami l'épave que vous avez vue. Le monde avait déjà cessé d'exister pour lui. Il ne lui est resté que cette longue survivance, hors du temps, hors du bruit…

Dans le canot, j'essaie d'imaginer ce qu'a pu être la vie de cet homme, seul dans la forêt pendant près de cinquante ans.

L'embarcation dans laquelle nous remontons le fleuve n'est pas la sienne : la pirogue du sourd-muet est minuscule, nous n'aurions pu y tenir tous. Ce canot qui nous ramène vers notre carbet est celui du seul homme qui relie encore l'ex-bagnard au monde extérieur. Un lien bien ténu, cependant. Un vieillard, comme lui, survivant d'une autre époque, qui vient à intervalles irréguliers lui apporter quelques provisions et des munitions en échange de gibier. Nous avons eu la chance inespérée que cet homme vienne le jour même de notre découverte du carbet.

En fait, comme il nous l'a confié plus tôt, il a entendu dire que quatre adolescents avaient disparu dans la forêt, et il a pensé que peut-être son ami des bois avait découvert quelque chose au cours de ses interminables errances dans la jungle.

Il nous a aussi raconté comment la police a été induite en erreur par la découverte du ponton, échoué assez loin en aval sur l'autre rive de la rivière.

Notre journée avec les deux coureurs des bois a été consacrée au repos davantage qu'aux explications. Nous avons enfin pu boire et manger à satiété, et dormir sans craindre les manifestations de créatures inconnues.

Maintenant, accroupis dans le canot qui nous ramène vers notre monde, nous sommes plus disponibles pour écouter les histoires du vieux, et pour raconter la nôtre.

Nous parlons bien sûr de notre descente de la rivière, en pleine nuit, et de nos difficultés à trouver de l'eau et de la nourriture. Notre sauveteur nous explique :

– La forêt équatoriale n'est pas un super-marché, dit-il en éclatant de rire. Il faut une longue expérience pour pouvoir en tirer sa sub-sistance. Quant aux vampires, poissons élec-triques et autres animaux inconnus dont vous avez été les victimes, je vous rappelle que vous êtes ici chez eux. Le sous-bois ou le fond de la rivière sont leur territoire, vous n'y êtes pas les maîtres !

Cependant, jusqu'au dernier moment, nous hésitons à lui parler de ce qui nous a causé les plus grandes frayeurs : les bruits et les silences inexplicables de la forêt. Cet homme rirait de nous si nous lui parlions des spectres qui nous ont poursuivis, ou de la légende de Manman d'lo.

Nous avons tort. Quand finalement Jean-Baptiste évoque les mystères qui nous ont en-veloppés pendant ces nuits d'angoisse, il nous écoute gravement.

– L'homme fait beaucoup trop de bruit quand il se déplace, dit-il enfin. Il fait fuir devant lui tout ce qui ne lui ressemble pas, et c'est pour ça qu'il croit tout connaître. Il est normal que vous ayez eu des expériences que vous ne pouvez pas expliquer.

– Mais vous, le pouvez-vous ? interrompt Morgane.

– Je ne sais pas. Peut-être. Le fleuve regorge d'animaux très discrets et très étranges. Il y a des gymnotes, des lamantins, des poissons gigantesques. Le sous-bois abrite lui aussi de grosses bêtes qui n'aiment pas se montrer. Les tapirs, par exemple, foncent sur les intrus seulement s'ils n'ont aucune possibilité de fuir ; les grands fourmiliers frappent sur les troncs, dans le noir, pour en faire sortir les insectes dont ils se nourrissent.

– Et ces cris abominables qui retentissent la nuit et plongent la forêt dans la terreur ? Manman d'lo existe-t-elle vraiment ?

Le vieil homme ne répond pas tout de suite. Il me semble que sa mâchoire, brusquement, s'est crispée. Ses yeux restent fixés sur l'eau.

– Il existe sans doute dans ce pays quelque chose qu'on pourrait appeler *Manman d'lo*, finit-il par murmurer d'une voix sourde. Qui sait ? Vous avez sans doute déjà entendu les hurlements le jour, mais vous n'y avez pas prêté attention. La nuit, tout prend des proportions invraisemblables, surtout les bruits. Peut-être les avez-vous chargés de vos propres peurs...

– Mais *qui* hurle ainsi ? demande Laureline.

– Personne, répond le vieillard en plissant le front d'un air sombre. Personne et tout le monde. La mort elle-même, peut-être. La forêt n'est pas un salon de thé. C'est un lieu où tous, du plus petit au plus gros, luttent pour ne pas finir dans l'estomac d'un autre. C'est le théâtre de la vie et de la mort ; tout y exprime la volonté de survivre et la peur de disparaître. Ces cris nocturnes ne signifient rien d'autre.

« Manman d'lo, c'est tout ça, me dis-je. C'est la personnification de toute cette vie malveillante, de tous ces êtres avides et dissimulés qui n'attendent que l'occasion de se jeter sur nous pour nous faire disparaître dans leurs myriades d'estomacs affamés. »

– Quelle sauvagerie, murmure Morgane avec dégoût. C'est la loi du plus fort dans tout ce qu'elle a de plus injuste.

– N'en sois pas aussi sûre, reprend le coureur des bois. Les petits survivent parfois plus longtemps que les gros. Et puis regarde mon pauvre ami, qui a choisi de rester ici plutôt que de retourner dans un monde qui l'avait autrefois exclu. Quelles étaient ses chances ? Il est faible, il est sourd, il est muet, il est très vieux. Et pourtant, il est toujours vivant.

– A-t-il besoin de quelque chose ? demande soudain Laureline. Pouvons-nous l'aider ?

– Je ne pense pas, conclut le vieil homme. Il

a tout ce qu'il lui faut pour la vie qu'il mène. Il est trop tard maintenant pour se souvenir de lui. D'ailleurs, c'est sans doute l'oubli qui l'a sauvé. Et c'est dans l'oubli qu'il doit continuer de vivre.

Nous nous taisons. Le canot est arrivé à proximité du carbet. Notre carbet. Notre monde. Nous allons bientôt tirer un trait sur cette aventure, malgré nous peut-être.

Et si le cri de Manman d'lo retentit de nouveau, plongeant la forêt dans cet horrible silence de mort, nous saurons qu'il faut la respecter.

Table des chapitres

Collection

alli-bi

Payette & Simms inc.

Achevé d'imprimer en septembre 1998 sur les presses de
Payette & Simms inc. à Saint-Lambert (Québec)